Katrina Leno

Ich und mein anderes Leben

Aus dem Englischen
von Ute Mihr

cbt

cbt
Kinder- und Jugendbuchverlag
in der Verlagsgruppe Random House

MIX
Papier aus verantwortungsvollen Quellen
FSC® C014496

Verlagsgruppe Random House FSC® N001967
Das für dieses Buch verwendete
FSC®-zertifizierte Papier *Holmen Book Cream*
liefert Holmen Paper, Hallstavik, Schweden.

1. Auflage 2015
Erstmals als cbt Taschenbuch April 2015

Die Originalausgabe erschien unter dem Titel »The Half Life of Molly Pierce« bei HarperCollins Children's Books, a division of HarperCollins Publishers.

Aus dem Englischen von Ute Mihr
Lektorat: Kerstin Kubitz
Das Zitat auf S. 6 wurde, mit freundlicher Genehmigung des Reclam Verlags, Stuttgart, folgendem Band entnommen: Vincent van Gogh, *Briefe*. Ausgewählt und herausgegeben von Bodo Plachta. Aus dem Niederländischen und Französischen übersetzt von Christel Captijn-Müller und Winfried Jung. Stuttgart: © Philipp Reclam jun., 2011
Seite 62, Brief an Theo van Gogh (Cuesmes zwischen 22. und 24. Juni 1880)
Umschlaggestaltung: *zeichenpool, München,
unter Verwendung von Motiven von © Arcangel Images (Benjamin Harte), Shutterstock
TP · Herstellung: kw
Satz: Buch-Werkstatt GmbH, Bad Aibling
Druck und Bindung: GGP Media GmbH, Pößneck
ISBN: 978-3-570-30985-8
Printed in Germany

www.cbt-buecher.de

Katrina Leno • Ich und mein anderes Leben

DIE AUTORIN

Katrina Leno wuchs in Connecticut auf und hat die Sommer ihrer Kindheit in Massachusetts am Meer verbracht, wo auch »Ich und mein anderes Leben« spielt. Sie schreibt seit ihrem 16. Lebensjahr und hat kürzlich ihr Studium in Creative Writing an der University of Connecticut abgeschlossen. »Ich und mein anderes Leben« ist ihr erster Roman.

Meinen Brüdern:
für ihre zuverlässige & bedingunslose Unterstützung

»Wie es scheint, läuft jetzt im Augenblick für mich alles schlecht, und so geht es schon recht lange, und so kann es auch noch mehr oder weniger lange weitergehen, aber es ist auch möglich, daß alles besser wird, nachdem alles schiefgegangen zu sein scheint. Ich rechne nicht damit, vielleicht kommt es nie dazu, aber falls irgendeine Wendung zum Besseren einträte, würde ich das als einen Sieg betrachten, ich wäre froh, wenn ich sagen könnte, endlich! da war doch etwas da.«

Vincent van Gogh an Theo van Gogh,
Cuesmes zwischen 22. und 24. Juni 1880

(Hervorhebung durch die Autorin)

EINS

Immer wieder sind da ganze Zeitabschnitte, an die ich mich überhaupt nicht erinnere.

Ich wache in meinem Auto auf.

Ich fahre, aber ich weiß nicht, wohin ich fahre, und ich weiß nicht, woher ich komme.

Aber es ist mein Auto. Mit meinen Sachen.

Allerdings habe ich keine Ahnung, wie ich hierhergekommen bin.

Es sind nur ein paar Stunden vergangen. Ich erinnere mich, was ich heute Morgen angezogen habe, und ich trage die Sachen immer noch. Eine schwarze Strumpfhose. Ein geblümtes T-Shirt, das ich in die kurze Jeans gestopft habe. Einen grauen, abgetragenen Pullover mit Pillings. Mein Lieblingspullover.

Die Uhr in meinem Auto ist kaputt, und ich finde mein Handy nicht, sodass ich nicht weiß, wie spät es ist. Aber es ist noch hell draußen, und wir haben Oktober, ein warmer Oktober, also muss es ungefähr zwei oder drei Uhr sein. Die Sonne geht jetzt schon früh unter. Habe ich wieder mal Unterricht verpasst? Manchmal verpasse ich Unterricht. Woran kann ich mich noch erinnern? Zehn Uhr? Elf? Geschichte – ich erinnere mich an Geschichte. Wir nehmen gerade den Zweiten Weltkrieg durch. Elementarmathematik habe ich auch belegt. Aber an diese Stunde kann ich mich nicht erinnern. Also muss ich gegen halb elf, elf die Schule verlassen haben.

Ich suche meinen Körper nach blauen Flecken und Kratzern ab, betaste mit den Fingern meinen Bauch und meine Arme und versuche so herauszufinden, ob alles in Ordnung ist. Manchmal bin ich völlig zerkratzt, manchmal habe ich Blätter und Zweige in den Haaren. Einmal war ich schon auf halbem Weg nach New York. Ich fuhr zu schnell, musste am Straßenrand anhalten, zu Atem kommen und herausfinden, wo ich umdrehen könnte.

Ich lebe an der Küste von Massachusetts in einer Stadt namens Manchester-by-the-Sea. Das ist der vollständige Name. Die Leute hier werden sauer, wenn Touristen den Namen abkürzen. Aber wir nennen unsere Stadt einfach Manchester.

Ich brauchte vier Stunden, bis ich wieder zu Hause war. Zwei Tankfüllungen. Ich war drei Stunden über die Zeit und hatte das ganze Wochenende Hausarrest. Hausarrest für etwas, an das ich mich nicht einmal erinnere.

Angefangen hat das ungefähr vor einem Jahr, aber ich habe noch keinem davon erzählt, auch wenn es immer schlimmer geworden ist. Ich kann es niemandem erzählen, weil …

Dafür gibt es viele Gründe.

Ich habe Angst, dass sie mich für verrückt halten.

Ich habe Angst, dass sie mir nicht glauben.

Ich habe Angst, dass mit mir wirklich etwas nicht stimmt.

Aber bis jetzt komme ich damit klar. Ich kann damit umgehen.

Normalerweise geht es nur um ein oder zwei Stunden, manchmal auch nur um zehn Minuten. Manchmal schaue ich mir was im Fernsehen an, und dann wache ich im Garten auf, und die Sendung läuft noch. Das Ende kriege ich meistens noch mit, was wahrscheinlich gut ist. Auch wenn ich keine Ahnung habe, was vorher passiert ist.

Und offenbar verhalte ich mich nicht übermäßig auffällig. Denn ich bin ja auch vorher schon unter Menschen gewesen und niemand scheint etwas zu bemerken. Nur Hazel. Aber Hazel bemerkt alles.

Hazel ist meine Schwester. Sie ist dreizehn. Dann gibt es noch Clancy, unseren Bruder. Er ist fünfzehn und geht in die zehnte Klasse. Ich bin Molly. Ich bin in der zwölften und bald bin ich achtzehn.

Clancy bemerkt nie etwas.

Hazel schon.

Sie hat mich danach gefragt.

Ich tue dann so, als wäre sie verrückt, denn das ist am einfachsten.

Einmal habe ich sie gefragt, ob ich ihr manchmal anders vorkommen würde.

Ja, hat sie gesagt.

Aber auf eine Art und Weise, die sonst niemand bemerkt.

Wie meinst du das, habe ich gefragt.

Wenn ich Geheimnisse vor ihr hätte, hat sie gesagt, dann hätte sie auch Geheimnisse vor mir.

Es passiert vielleicht einmal in der Woche. Vielleicht nur alle zwei Wochen, manchmal öfter.

Keine Ahnung, was das bedeutet.

Ich hab darüber nachgedacht und ...

Es macht mir Angst.

Ich bin dann irgendwie verzweifelt und unfähig, meinen eigenen Körper zu kontrollieren. Zumindest dazu sollte man in der Lage sein, oder? Den Füßen sagen, dass sie sich bewegen sollen, und dann geht man. Den Armen sagen, dass sie sich heben sollen, und der Zunge, dass sie redet.

Dem Gehirn sagen, dass es sich erinnert.

Dass es bestimmte Dinge dem Gedächtnis anvertraut.

Ich glaube, irgendwas stimmt nicht mit mir.

Ich meine ...

Ich glaube, ich weiß, dass etwas nicht stimmt. So muss es sein.

Ich habe zum Beispiel Kopfschmerzen. Migräne. Manchmal ist es wirklich schlimm. Manchmal kann ich nicht in die Schule gehen und muss zu Hause im abgedunkelten Zimmer still im Bett liegen. Und manchmal muss ich mich in die gelbe Rührschüssel übergeben, die meine Mom neben mein Bett auf den Boden stellt.

Mein Therapeut sagt, die Kopfschmerzen hätten mit meinen »emotionalen Schwierigkeiten« zu tun.

Das sind seine Worte, nicht meine.

Er nennt es auch Depression.

Ich mag es nicht, wenn er das so nennt.

Meine Mutter spricht von meiner Melancholie. Aber das mag ich auch nicht.

Aber es ist etwas, das ist sicher.

Es ist nur ...

Ich muss einmal in der Woche zu einem Therapeuten und mit ihm über mein Leben und meine Probleme reden, aber die Tabletten nehme ich nicht mehr. Eine Weile habe ich sie genommen, aber ich mag sie nicht, und deshalb habe ich aufgehört. Sie nehmen die Tiefs, aber sie nehmen auch die Höhen, und deshalb schwebt man in einem merkwürdigen Zwischenzustand von farb- und geschmacklosen Augenblicken.

Aber darum geht es ja gar nicht ...

Ich will mich nicht umbringen.

Es ist nur manchmal so, dass ich überhaupt nichts verstehe, dass ich das Gefühl habe, das Gewicht des gesamten Universums lastet auf meinen Schultern, und ich sehe keinen Sinn in irgendwas. Ich möchte eigentlich nicht sterben, aber leben möchte ich auch nicht unbedingt.

Manchmal wünsche ich mir, ich könnte mich einfach im Schlaf davonstehlen. Und an einem besseren, einem ruhigeren Ort aufwachen.

Aber ich glaube nicht an den Himmel, deshalb bin ich nicht sicher, wo dieser Ort wäre.

Dummerweise habe ich anderen das erzählt. Also hat man mich zu einem Psychiater geschickt.

Und seither ist es besser geworden.

Keine Ahnung.

Manchmal ist es gut. Manchmal geht es mir gut.

An anderen Tagen dagegen.

Da fällt es mir schwer, mich zu unterhalten. Es fällt mir schwer, aufzustehen, mir die Zähne zu putzen, mich zu kämmen.

Meinen Freunden in der Schule zu begegnen. Oder ein Referat zu schreiben. Sogar das Atemholen fällt mir schwer. Die Luft kommt mir manchmal so dick vor. Und sie schmeckt nach Rauch.

Keine Ahnung, warum ich so empfinde. Eigentlich ist mein Leben großartig. Perfekt, wirklich. Meine Eltern sind in Ordnung. Mein Bruder ist in Ordnung. Meine Schwester ist in Ordnung. Meine Freunde sind in Ordnung. Alles ist in Ordnung.

Das sage ich auch immer meinem Therapeuten, aber er zwingt mich wieder und wieder dazu, noch einmal von vorn anzufangen.

Er sagt: Hast du manchmal das Gefühl, dass du niemals glücklich sein wirst?

Ich antworte: Haben wir das nicht alle?

Er notiert etwas auf einen kleinen Block.

Ich sage: Das war nur … Das war nur Spaß. Ich hab das nur im Spaß gesagt.

Er sagt: Machst du immer Späße dieser Art?

Ich sage: Ach Gott, Alex.

Ich soll Alex zu ihm sagen.

Ich habe ihm nichts von den fehlenden Zeiten erzählt.

Wie gesagt, ich habe niemandem davon erzählt.

Irgendwie will ich …

Einfach dahinterkommen. Sehen, ob ich selbst dahinterkomme.

Ich hasse die Vorstellung, dass es einen Teil von mir gibt, den ich nicht verstehe. Den ich nicht kontrollieren, den ich nicht zähmen und den ich nicht aufhalten kann. Den ich nicht verändern kann. Das macht mich verrückt. Und es macht mich wütend. Und es macht mir Angst.

In der einen Minute ist es halb elf am Vormittag und du sitzt im Geschichtsunterricht – und in der nächsten Minute sitzt du im Auto und fährst, findest dein Handy nicht und weißt nicht, wie spät es ist und wie viele Stunden du verloren hast und wo du gewesen bist und was du getan hast. Und ob du nicht einfach deinen verdammten Verstand verloren hast.

Genau so fühlt es sich an. Als hätte ich meinen verdammten Verstand verloren. Als wäre ich verrückt geworden und würde nie wieder normal sein. Als sollte ich in der Sekunde, in der ich achtzehn werde, einfach meine Sachen packen und nach Alaska oder Schottland oder Rumänien auswandern – möglichst weit weg von allen, die ich liebe. Dort könnte ich mein Leben in einer ruhigen Stadt verbringen, Pullover stricken und sie an Straßenecken verkaufen, damit ich meine Miete bezahlen und Essen kaufen kann.

Ich kann nicht stricken. Aber das würde ich lernen.

Ich betrachte mich im Rückspiegel. Ich sehe genauso aus wie heute Morgen. Meine Haare sind zu einem Knoten zusammengebunden und ich wirke müde. Ich bin auf der Water Street und fahre durch den touristischen Teil der Stadt. Zu beiden Seiten von mir sind kleine Läden. Meine Eltern besitzen hier einen Laden. Dort, auf der rechten Seite, ist er: »Bücher am Meer«. Wollte ich sie besuchen? Manchmal arbeite ich nach der Schule dort. Sie zahlen mir nur ganz wenig. Ich weiß sicher, dass die anderen Kassierer mehr bekommen. Meine Eltern sagen, ja, das stimmt, aber die anderen Kassierer bekommen kein Abendessen und keine Wohnung und keine Kleidung und kein Auto.

Dagegen ist nichts einzuwenden.

Ich setze den Blinker und biege nach links in die Prince Street ein.

Soll ich zurück zur Schule fahren? Mir eine Entschuldigung ausdenken, wo ich gewesen bin? Großmutter krank? Diese Entschuldigung benutze ich oft. Meine Großmutter ist tot. Alle meine Großeltern sind tot. Aber ich glaube, das weiß niemand. Wenn du sagst, dass deine Großmutter krank ist, stellen die Leute normalerweise keine Fragen.

Nach rechts in die Allen Street.

Ich fahre am besten nach Hause zurück, dusche und leg mich ein bisschen hin. Dann fahre ich um fünf wieder zum Buchladen und hoffe, dass die Schule meine Mutter bis dahin noch nicht angerufen hat. Ich sage ihr, dass ich wieder Unterricht verpasst habe. Vielleicht rufen sie auch meinen Vater an. Mit ihm ist es viel einfacher. Er wird nervös und nimmt jede Entschuldigung dankbar an, die ich anbringe. Er möchte einfach glauben, dass ich nicht verrückt bin.

Ich will nicht zurück zur Schule. Es ist schwer, einfach in

den Alltagstrott zurückzukehren, wenn man ein paar Stunden außerhalb von sich selbst verbracht hat. Oder innerhalb von sich selbst. Oder neben sich. Oder sonst wo. Wer weiß?

Nach links auf die Prescott.

Und da sehe ich ihn.

Auf der Prescott ist mehr Verkehr. Sie führt in die Innenstadt und reicht vom einen Ende der Stadt zum andern. Der schnellste Weg, die Stadt zu durchqueren.

Ich sehe ihn schon von Weitem im Rückspiegel. Keine Ahnung, warum ich ihn bemerke. Den Motorradfahrer. Er ist ganz in Schwarz gekleidet. Schwarze Jacke, schwarzer Helm. Er fährt zu schnell. Er schert immer wieder aus dem fließenden Verkehr aus und fädelt sich wieder ein, und ich weiß, dass etwas Schreckliches passieren wird, bevor es passiert. Ich habe das Gefühl, als hätte ich ihn schon mal gesehen, diesen Jungen auf dem Motorrad, und ich habe das Gefühl, als würde ich wissen, dass das, was gleich passiert, unvermeidlich ist. Er schlängelt sich mit hoher Geschwindigkeit zwischen den Autos hindurch, er überfährt die gelbe Linie, er kommt immer näher, und mir ist klar, dass ich es bin, hinter der er her ist. Ich bin der Grund, warum er so schnell fährt. Er will mich einholen.

Aber das ist verrückt.

Ich schaue auf, als die Ampel auf Gelb schaltet, aber da ich die Kreuzung schon halb überquert habe, fahre ich weiter.

Der Junge auf dem Motorrad bremst nicht. Die Autos um ihn herum halten an der roten Ampel an, aber er beschleunigt und versucht, schneller zu sein als der Verkehr, der die Prescott auf der Jacobson kreuzt.

Eine Sekunde lang glaube ich, dass er es schafft.

Aber er schafft es nicht.

Der Lastwagen prallt gegen sein Hinterrad, und der Junge fliegt durch die Luft, und ich schreie, ohne es zu bemerken, bremse, ohne es zu wollen, und verliere ihn irgendwo über dem Dach meines Autos aus den Augen. Reifen quietschen, und es kracht, als ein zweites Auto gegen den Lastwagen prallt, der gegen sein Motorrad gefahren ist, und plötzlich landet der Junge vor mir auf der Straße. Er ist von seinem Motorrad durch die Luft über mein Auto hinweggeflogen, und ich habe keine Ahnung, wie ich aus meinem Wagen gekommen bin, aber ich bin draußen, und ich schreie immer noch, und ich stürme zu ihm hin. Als ob ich ihn retten könnte. Aber auf der Straße ist Blut und aus seinem Helm und seinem Bein fließt Blut. Ein Bein ist gebrochen. Es liegt ganz verdreht da. Und ich weiß, dass er stirbt. Keine Ahnung, warum ich das weiß, aber ich weiß es, und ich sinke vor ihm auf die Straße und ziehe ihm den Helm vom Kopf. Warum? Keine Ahnung, warum. Mehr kann ich nicht tun.

Seine Augen sind offen. Er ringt nach Luft. Seine Augen sind grün, die Haare schwarz und die Lippen rot von dem Blut, das er hervorwürgt.

Scheiße, Scheiße, Scheiße, sage ich, hebe seinen Kopf von der Straße und bette ihn in meine Ellbogenbeuge. Mein Pullover ist voller Blut. Es ist mein Lieblingspullover und er ist voller Blut.

Scheiße, sage ich. Bitte stirb nicht. Ich kann nicht zusehen, wie du stirbst.

Er atmet ein bisschen durch. Mit dem Ärmel meines Pullovers wische ich ihm das Blut vom Mund und auf einmal weine ich. Ich hatte nicht bemerkt, dass ich weinte. Dieser Fremde wird sterben, aber ich möchte nicht, dass er stirbt. Bitte stirb nicht. Bitte stirb nicht.

Seine Augen heften sich auf mein Gesicht. Unsere Blicke treffen sich, dann wandert sein Blick über meinen Mund, meinen Hals, meine Ohren, meine Haare. Zurück zu meinem Gesicht, zu meinen Augen.

»Mabel«, sagt er.

Mabel?

»Ich bin nicht … Egal, alles ist gut, du wirst nicht sterben.«

»Molly«, sagt er.

Er hat Molly gesagt?

Er hat meinen Namen genannt?

Woher? … Woher? … Woher?

»Woher weißt du meinen Namen?«, flüstere ich.

»Ich hab Scheiße gebaut«, sagt er.

»Aber woher weißt du meinen Namen?«

»Ich bin's«, sagt er. »Lyle.«

»Ich …«

Ich kenne dich nicht.

»Bitte verlass mich nicht.«

»Ich verlass dich nicht.«

»Ich hab's wieder verkackt. Ich verkack es immer. Ich wollte nur. Ich wollte dich wiedersehen. Ich konnte nicht … Ich musste es versuchen.«

»Ich weiß nicht, wer du bist.«

»Du darfst mich nicht verlassen«, sagt er. »Du musst bei mir bleiben, bis ich sterbe.«

»Du … Sag das nicht. Du stirbst nicht.«

Du darfst nicht in meinen Armen sterben.

»Ich sterbe«, sagt er, »natürlich sterbe ich. Ich spüre, dass ich sterbe.«

»Du … Du redest wirr.«

»Du wolltest … Molly, bitte. Verlass mich nicht.«

»Woher weißt du meinen Namen?«

Er würgt wieder, und frisches Blut rinnt ihm aus dem Mund, und ich sehe nur, wie sich eine große, rote Lache auf dem Asphalt ausbreitet. Seine Augen verdrehen sich nach hinten und auf einmal bemerke ich die Menschen um uns herum. Sie schreien und eine Frau weint. Er wird sterben.

»Lyle!« Ich schüttele ihn. »Lyle! Wach auf!«

Mit flatternden Lidern öffnet er die Augen. Ich wische ihm das Blut vom Mund.

»Bitte stirb nicht«, flehe ich.

»Komm mit in den Krankenwagen«, sagt er und dann höre ich den Krankenwagen und das Martinshorn. »Fahr mit mir im Krankenwagen mit. Sag ihnen, dass du mich kennst. Ich heiße Lyle Avery. Mein Handy ist in meiner Tasche. Ruf meinen Bruder an. Sag ihm … sag ihm, wo er uns findet.«

»Ich weiß nicht, woher du mich kennst.« Ich muss würgen. »Ich weiß nicht, wer du bist.«

»Ich weiß«, sagt er, »aber ich musste es versuchen.«

Das Martinshorn kommt näher. Der Menschenauflauf um

uns herum wird immer größer, aber niemand versucht zu helfen. »Bitte stirb nicht«, flüstere ich.

»Du musst meinen Bruder anrufen. Seine Nummer ist eingespeichert. Er heißt Sayer.«

Sayer Avery.

»Ich weiß nicht, wer du bist«, sage ich schwach.

»Dann tu wenigstens so«, sagt er. »Tu es für mich.«

Die Frau schluchzt lauter. Lyle hustet wieder. Blut spritzt von seinen Lippen und landet überall auf mir. Er wird sterben. Er wird sterben und ich kann nichts dagegen tun.

Wenn ich mal gerne weg wäre, muss ich leben. Muss alles mitkriegen. Alles erleben.

Wenn ich mal gerne ein paar Stunden entfernt, meilenweit weg von dort, wo ich bin, aufwachen würde, dann muss ich hier sein und zuschauen, wie dieser Junge, den ich nicht kenne, würgend nach Atem ringt. Mit rot verschmierten Zähnen. Mit ganz weißen Augen. Und mit Wangen, aus denen alle Farbe weicht.

»Lyle«, sage ich, und er konzentriert sich wieder auf mein Gesicht. »Lyle. Du wirst wieder gesund.«

Ich liebe dich und du wirst nicht sterben.

ZWEI

Jemand zieht mich von ihm weg.

Die Rettungssanitäter sind da. Sie schnallen ihn auf einer Trage fest. Einer fragt mich nach seinem Namen, und sie schreien ihn an, damit er die Augen öffnet. Ohne nachzudenken, mache ich einen Schritt nach vorn, greife in seine Tasche und ziehe sein Handy heraus. Jemand packt mich, hält mich an den Armen und schaut mir ins Gesicht, als fürchte er, ich könnte auch verletzt sein.

Nein, nein. Das ist alles sein Blut. Mir geht's gut, alles in Ordnung.

Dann schieben sie die Trage in den Krankenwagen, und ich stolpere auf einmal schreiend hinterher, voller Angst, dass sie ihn mir wegnehmen, dass er ohne mich stirbt.

»Lyle!«, rufe ich. »Bitte, ich muss bei ihm bleiben! Bitte!«

»Du kennst ihn?«, fragt einer der Sanitäter, ein dünner Junge mit roten Haaren. Er ist zu jung, um Rettungssanitäter zu sein. Wie kann er jemandem das Leben retten?

»Er ist mein Freund, bitte. Ich muss mit ihm mitfahren. Ich muss bei ihm sein. Er ist mein Freund. Er ist Lyle Avery. Er heißt Lyle Avery.«

Er will mich nicht mitfahren lassen. Das sehe ich an dem Schatten, der für den Bruchteil einer Sekunde über sein Gesicht geht. Aber dann überlegt er es sich anders, packt mich am Arm und schiebt mich hinten in den Krankenwagen hinein. Er schließt die Tür hinter mir, und ich mache mich so klein wie möglich, während diese Leute versuchen, Lyle das Leben zu retten.

Sie drücken ihm eine Sauerstoffmaske aufs Gesicht, aber er stößt sie weg und sagt: »Molly? Molly?«

»Ich bin da, Lyle, ich bin da.« Ich will die Hand auf seine Jeans legen, aber da ist überall Blut, und sein Bein ist gebrochen, deshalb ziehe ich die Hand weg und lege sie in den Schoß und dann ...

Und dann ist nichts.

Wir kommen beim Krankenhaus an. Ich stehe mit Lyles Handy in der Hand in einem Korridor und die letzten zehn, fünfzehn Minuten sind weg. Ich erinnere mich nicht an sie. Ich bin voller Blut und die vorbeigehenden Menschen starren mich an. Ich schaue auf eine geschlossene, zweiflügelige Tür, und ich weiß, dass Lyle irgendwo hinter dieser Tür ist und gerade stirbt.

Meine Hände sind voller Blut. Ich scrolle durch die Kontaktliste in Lyles Handy und finde ihn. Sayer, seinen Bruder. Ich drücke auf den Knopf, um ihn anzurufen, und halte mir das Handy ans Ohr. Meine Hände zittern. Und irgendwie weine ich immer noch. In meinem Kopf pocht es, und ich gehe rückwärts, bis ich gegen die Wand stoße, denn ohne Wand werde ich ohnmächtig. Meine Beine geben unter mir nach.

Ich antworte nicht, als er Hallo sagt.

Ich versuche es, aber als ich den Mund öffne, muss ich noch heftiger weinen, und dann sagt er meinen Namen, und ich lasse das Handy auf den Boden fallen, rutsche die Wand hinunter, schlage die Hände vors Gesicht und weine.

Ich möchte diesen Jungen kennenlernen, aber er wird sterben, und ich möchte wissen, wo ich bin, wenn ich meine Aussetzer habe. Ich möchte wissen, warum ich dauernd so traurig bin und warum ich schlafen und nicht mehr aufwachen möchte. Und dann hebt jemand das Handy vom Boden auf und sagt Sayer, wohin er kommen soll. Er flüstert, dass er sich beeilen soll. Seine Freundin sei total durcheinander. Er solle möglichst schnell kommen.

Und dann wieder Leere. Ich wache in einem ruhigen, abgeschiedenen Wartezimmer auf, und mir gegenüber sitzt ein Junge, der Lyles Zwillingsbruder sein könnte, nur dass er älter ist und nicht blutet und nicht stirbt und nicht tot ist.

»Hi«, sagt er.

»Seit wann bist du da?«, frage ich.

»Seit zwanzig Minuten. Sie haben dir was gegeben, damit du dich beruhigst. Dadurch bist du vielleicht ein bisschen neben der Spur.«

Das ist die perfekte Erklärung. Ich muss nicht so tun, als würde ich mich an etwas erinnern.

»Du bist Sayer.«

Er nickt. Er hat die gleichen grünen Augen und dunklen Haare wie sein Bruder.

»Ich weiß nicht, wer du bist«, sage ich.

»Ich weiß.«

»Ich weiß nicht, woher du mich kennst.«

»Ich kenne dich nicht.«

»Du hast am Telefon meinen Namen gesagt. Woher weißt du meinen Namen?«

»Die Medikamente«, sagt er. »Was sie dir gegeben haben. Gut möglich, dass alles ein bisschen verschwommen ist.«

»Aber du hast meinen Namen gesagt«, sage ich. »Am Telefon, als du abgenommen hast, hast du meinen Namen gesagt.«

»Nein.« Er schüttelt traurig den Kopf. »Ich kenne deinen Namen nicht. Ich weiß nicht, woher du meinen Bruder kennst.«

»Ich … Ich habe den Unfall gesehen. Er hat mich gebeten, dich anzurufen.«

»Danke«, sagt er. »Das war sehr nett von dir.«

»Ich bin Molly«, sage ich. Mein Kopf pocht. Es fühlt sich an, als hätte ich mir alles ausgedacht, als wäre nichts davon geschehen. Natürlich kennt er mich nicht. Natürlich hat er am Telefon meinen Namen nicht gesagt. Woher sollte er meinen Namen wissen? »Wie geht es deinem Bruder?«

»Er wird sterben«, antwortet er. Sein Gesicht ist traurig, aber nicht schmerzverzerrt. Er weint nicht.

»Haben sie dir das gesagt?«

»Das brauchten sie mir nicht zu sagen.«

»Aber es muss doch …«

»Klar«, sagt er.

Und dann schweigen wir. Zwischen uns liegt eine gewaltige Leere, aber sie füllt sich mit dem Pochen in meinem Kopf und dem getrockneten Blut an meinen Händen und auf meinem Pullover und mit Sayers ruhigem Atem und der Art, wie er auf seine Knie schaut. Es ist, als würde ich von ihm angezogen. Ich stehe auf, stolpere und falle fast hin, aber er springt auf und hält mich am Ellbogen fest. Es gibt nur noch Sayer und dieses Wartezimmer. Sayer, der mich dichter an sich zieht und mich vor und zurück wiegt, den Geruch nach Blut und das Brennen von Tränen und den dichten Nebel der Medikamente, die sie mir gegeben haben.

Und dann geht die Tür auf und der Arzt tritt ein. Der Arzt ist auch voller Blut und er steht da und schüttelt den Kopf. Er hat immer noch seine Handschuhe an. Er bemerkt es und zieht sie aus und hält sie zu einem Ball zusammengeknüllt in den Händen. Sie sind blau. Ich versuche, nicht hinzuschauen.

Sayer löst sich von mir, aber er hält meine Hand.

Und der Arzt sagt: »Es tut mir leid, aber wir konnten ihn nicht retten. Wir haben alles getan, aber wir konnten ihn nicht retten.«

Er sagt noch mehr. Er redet mit Sayer, doch ich bekomme nichts davon mit. Ich spüre wieder, wie ich davongleite, aber es geschieht in Zeitlupe, und ich weiß, dass ich nicht gehen muss. Ich kann hierbleiben. Ich muss hierbleiben. Es ist spät.

Ich muss meine Eltern anrufen. Mein Auto steht mit laufendem Motor mitten auf der Straße. Ich habe mein Handy und meine Handtasche im Auto gelassen. Ich bin frühmorgens aus der Schule weggegangen, und ich habe keine Ahnung, was hier läuft. Alles Normale und Gewöhnliche entgleitet mir und der tote Junge kannte meinen Namen. Lyle. Er ist tot. Irgendwie kannte er mich und jetzt ist er tot.

Ich lasse Sayers Hand los und setze mich auf einen Stuhl. Der Arzt redet immer noch, aber ich höre nicht, was er sagt. Als wären meine Ohren verstopft. Wie sehr ich mich auch anstrenge, ihn zu hören, seine Stimme klingt gedämpft. Als ob ich unter Wasser wäre und seine Worte sich an der Wasseroberfläche in einzelne, zitternd verzerrte Schallwellen brechen würden.

Und dann ist er weg. Sayer setzt sich wieder mir gegenüber hin, und ich bemerke, dass er jetzt Lyles Handy in seiner Hand kreiseln lässt. Ohne ein Wort zu sagen, strecke ich die Hand aus, und er gibt es mir. Die Uhr auf dem Bildschirm zeigt sieben.

Ich wähle die Nummer meiner Mutter und sie nimmt besorgt ab. Sie schreit. Aber als ich sie bitte, mich vom Krankenhaus abzuholen, hört sie auf zu schreien, und ihre Stimme wird ganz weich, sodass ich ihre unvollständigen Fragen kaum verstehe.

»Okay? Um Himmels willen, was? Krankenhaus? Was ist … Molly? Molly, was ist passiert?«

»Bitte, mir geht's gut«, sage ich. »Bitte komm einfach und hol mich.«

Ich beende das Gespräch und lege das Handy auf den Stuhl neben mir. Dann schaue ich Sayer an. Seine Hände zittern. Sie liegen zu einem festen Ball zusammengepresst in seinem Schoß und sie zittern.

Auf einmal halte ich es nicht mehr aus. Ich halte es nicht mehr aus, mit ihm in einem Raum zu sein. Ich stehe auf und er streckt die Hand nach mir aus und berührt mein Handgelenk.

»Wohin gehst du?«, fragt er.

»Nach Hause«, antworte ich. »Das mit deinem Bruder tut mir leid.«

»Du musst nicht gehen.«

»Doch«, sage ich. »Ich muss. Ich muss wirklich gehen. Es tut mir leid.«

»Kann ich …«

»Nein, bitte.«

Keine Ahnung, was er möchte, aber ich weiß, dass ich es nicht tun kann.

Ich verlasse das Wartezimmer und renne praktisch den Flur hinunter und zur Tür hinaus. Als ich draußen an der Luft bin, atme ich tief ein und setze mich auf den Bordstein. Ich lege den Kopf zwischen die Knie und spüre die Übelkeit kommen, wie ich es erwartet habe. Aber ich werde mich nicht übergeben. Nicht jetzt und nicht hier. Ich werde mich nicht übergeben. Ich werde warten, bis ich allein bin und sauber, und dann putz ich mir die Zähne, und morgen stehe ich auf und geh zur Schule und treffe meine Freunde, und das hier ist dann wie ein schlechter Traum. Wie ein Albtraum. Wie ein

Unglück: Es ist geschehen, aber jetzt ist es vorbei. Der Junge auf dem Motorrad kannte meinen Namen, okay, aber es sind schon merkwürdigere Dinge passiert. Mir sind schon merkwürdigere Dinge passiert.

DREI

Meine Mom und mein Dad holen mich mit dem Minivan ab. Das Auto steht kaum, da springen sie beide heraus. Meine Mom weint, und mein Dad sieht ängstlich aus, ganz blass, als würde er gleich umfallen. Ich erkläre ihnen, dass es mir gut geht, dass all das Blut nicht von mir stammt, dass ich unverletzt bin, dass ich nur müde und hungrig bin. Dass wir mein Auto holen und nach Hause fahren sollten. Können wir bitte nach Hause fahren? Im Van bittet meine Mom meinen Dad zu fahren und setzt sich mit mir auf die Rückbank. Sie zieht mich fest an sich, und irgendwann erwähne ich, dass das mein Lieblingspullover war, und bringe sie ein bisschen zum Lachen, was eine Erleichterung ist. Mit meinem Auto ist auch alles in Ordnung. Jemand hat es am Straßenrand abgestellt und den Schlüssel unter den Sitz gelegt. Meine Mom will nicht, dass ich fahre, deshalb folgt sie uns, und mein Dad und ich sind allein im Minivan. Im Minivan riecht es nach Büchern, denn am Wochenende machen meine Eltern lange Ausflüge in Trödelläden und kaufen die Bücher, die sie dann in ihrem Buchladen wiederverkaufen. Ich habe den Geruch dieses Minivans immer gemocht. Es ist Schimmel, ich weiß, aber irgendwie tröstlich.

»Wirklich alles in Ordnung, Molly?«, fragt mein Dad.

»Nein«, sage ich. »Bin total durchgedreht. Aber ich lebe.«

»Du hast dich sehr ehrenwert verhalten.«

Ich hatte ihnen auf dem Weg zu meinem Auto alles erzählt. Die Kurzfassung: Ich habe den Unfall gesehen, den sterbenden Jungen im Arm gehalten. Und er ist gestorben.

»Ich sag deiner Mutter nichts«, sagt er.

»Wovon?«

»Die Schule hat angerufen. Du hast heute den größten Teil des Unterrichts geschwänzt.«

Er wirkt nicht verärgert. Das ist das Gute daran, wenn man dabei gewesen ist, als jemand starb. Man kann sich mehr erlauben, eine Weile wenigstens.

»Oh Gott, ja. Blöd. Tut mir … Tut mir leid. Tut mir wirklich leid.«

Ich kann nichts dafür. Ich erinnere mich an nichts.

»Wir zählen auf dich, Molly. Dass du mit gutem Beispiel vorangehst.«

»Dad, ich kann nicht … Können wir einfach …«

»Kein Wort mehr.« Er legt mir die Hand aufs Bein und drückt ein bisschen. »Ich hatte solche Angst, als ich dich vor dem Krankenhaus gesehen habe. Du hast ausgesehen …«

»Als ob mich ein Auto überfahren hätte?«

»Ja«, sagte er kopfschüttelnd. »Und du hast den Jungen nicht gekannt, sagst du?«

»Nein, ich habe ihn vorher noch nie gesehen.«

»Es ist ein Jammer. Ich hab schon immer gesagt, dass Motorräder …«

»Särge mit Rädern sind, ich weiß.«

»Ich hör schon auf«, sagt er. »Ich bin nur …«

»Ich weiß.«

Zu Hause sitzen Hazel und Clancy am Küchentisch und sagen nichts, als wir durch die Tür treten. Meine Mutter hat sie wahrscheinlich angerufen und ermahnt. Sagt nichts. Eurer Schwester geht es gut. Sagt einfach nichts. Sie will mir ein paar Reste aufwärmen und ich gehe solange duschen. Im Bad übergebe ich mich dreimal, aber es kommt nur Galle und Wasser. Ich hab den ganzen Tag nichts gegessen. Na ja, vielleicht habe ich ja auch was gegessen – ich erinnere mich nicht.

Nach dem Duschen und nach dem Essen geht es mir besser, obwohl die vier dasitzen und mir beim Essen zuschauen und Hazel dauernd aufspringt, um mir Wasser zu holen, und sogar Clancy ruhig ist und mich anschaut, wenn er meint, dass ich es nicht merke. Ich schaue ihm einmal in die Augen, wende mich dann aber rasch ab. Alle sagen, dass ich aussehe wie Clancy.

Nach dem Essen verabschiede ich mich und putze mir die Zähne. Als ich in mein Zimmer komme, sitzt Hazel dort im Schneidersitz auf meinem Bett.

Clancy und ich haben braune Haare und braune Augen, Hazels Augen dagegen sind blau und ihre Haare blond. Sie trägt einen kurzen Pixie-Schnitt. Wir sagen ihr immer, sie sei adoptiert, denn sie ähnelt auch unseren Eltern nicht oder den Fotos, die wir von unseren Großeltern haben. Sie ähnelt überhaupt niemandem, aber meine Mutter hat Bilder aus der Zeit, als sie mit ihr schwanger war. Die hat sie uns gezeigt, als Beweis. »Hört auf, eure Schwester zu ärgern«, hat sie einmal gesagt, ein Foto aus einem Schuhkarton gezogen und es uns über den Tisch zugeschoben. Clancy hat auf ihren dicken Bauch gedeutet: »Das könnte jeder von uns sein.«

»Ich bin müde, Hazel«, sage ich jetzt, und dann sehe ich Clancy auf der Fensterbank. Er schaut hinaus, als wolle er eigentlich gar nicht hier sein. Clancy ähnelt mir – in seiner Persönlichkeit ebenso wie in seinem Aussehen. Er ist lieber mit sich allein. »Ist das ein Verhör?«, frage ich ihn.

»War nicht meine Idee«, sagt er rasch.

»Mir geht's gut, Hazel. Ich bin nur müde«, beharre ich.

»Es ist wichtig, über solche Dinge zu reden, Molly«, sagt Hazel.

Sie ist dreizehn und denkt, es ist wichtig zu reden.

»Sie will nicht reden«, sagt Clancy rasch.

»Aber es ist wichtig«, wiederholt Hazel. »Dann kann sie doch mit dir reden, oder? Vielleicht will sie mit dir reden.«

»Eigentlich will ich mit keinem von euch reden«, sage ich. »Nichts für ungut, Hazel. Mir geht's gut, aber ich bin müde.«

»Na dann.« Sie springt von meinem Bett. »Ich bin in meinem Zimmer, falls du mich brauchst.« Damit schlüpft sie leise hinaus.

Clancy hat sich nicht von der Fensterbank wegbewegt.

»Muss verrückt gewesen sein«, sagt er.

»Ja«, sage ich. »Verrückt.«

»Du hast wirklich gesehen, wie …«

»Clancy.«

»Okay, tut mir leid.«

Unbeholfen steht er auf. Er fühlt sich nicht wohl in seiner Haut, was ich immer nachempfinden konnte. Clancy macht allerdings keine Therapie. Er hat anderen gegenüber nie zugegeben, dass er manchmal lieber tot wäre.

»Gute Nacht«, sage ich.

»Knips dir nicht die Lichter aus heute Nacht, ja?« Seine Miene hellt sich ein bisschen auf. Depri-Humor. Beim Hinausgehen schließt er die Tür hinter sich.

Im Traum sehe ich sein Gesicht.

Blutig und weiß auf dem Asphalt. Das warme Blut sammelt sich in seinem Mund, läuft über und bildet eine Lache unter ihm. Das Weiß seiner Augen.

Ich sehe beide Gesichter. Sie sind austauschbar, die Brüder Lyle und Sayer. Lyle Avery. Er ist jetzt tot.

Was hatte er gesagt?

Er wollte mich wiedersehen?

Meine Träume verzerren sein Gesicht zu einem Dämon, einem Engel, zu einer roten Fleischmasse, die nicht wiederzuerkennen ist. Ich wache zwanzigmal schweißgebadet und voller Angst auf, bis ich endlich aufstehe. Es ist fünf Uhr früh und ich gehe hinunter und mache mir eine Tasse Kaffee.

Es ist Mittwoch. Ich hole meinen Rucksack aus dem Wohnzimmer. Jemand hat ihn gestern Abend für mich mit reingebracht. Ich habe Hausaufgaben auf, und ich mache sie am Küchentisch, bis meine Mom runterkommt und mir Frühstück anbietet. Rühreier? Toast? Ich hab keinen Hunger, aber ich esse, was sie mir vorsetzt, denn das ist einfacher, als zu diskutieren. Gegen sechs kommt mein Bruder heruntergestolpert. Um halb acht hüpft Hazel in die Küche, vollständig angezogen, fröhlich und gut gelaunt. Und wenn ich gedacht hatte, ich dürfte heute zu Hause bleiben, hatte ich mich geschnitten. Meine Mutter küsst mich auf die Wange, mein Dad legt mir die Hand auf die Schulter und drückt sie lang und bedeutungsvoll. Dann scheuchen sie uns mehr oder weniger aus dem Haus.

Ich lasse Hazel bei ihrer Schule aussteigen und fahre dann zusammen mit Clancy weiter zur Highschool. Morgens reden wir nie. Er hat Kaffee in einem Thermobecher mitgenommen, aber er gibt ihn mir. Das ist seine Art sicherzustellen, dass es mir gut geht: Trink einen Schluck Kaffee, sei nicht traurig. Sagen könnte er das nie.

Erie und Luka warten bei meinem Schließfach. Sie wissen nichts von dem Unfall, aber sie wissen, dass ich die Schule gestern früher verlassen habe, und verlangen eine Erklärung. Erie ist empört und beleidigt, weil ich sie nicht gefragt habe, ob sie mit mir zusammen schwänzt.

»Du hast auf keine einzige SMS geantwortet«, sagt sie statt einer Begrüßung. Da wird mir klar, dass ich schon lange nicht mehr auf mein Handy geschaut habe. Ich habe es heute Morgen nicht einmal aus meinem Rucksack genommen. Jetzt krame ich danach und ziehe es triumphierend heraus: Akku leer. Ich zeige es ihr.

»Der Akku ist leer«, sage ich achselzuckend.

»Und dein Ladekabel ist weg oder was?«, beharrt sie. Erie hält mir ihr Handy hin: So soll ein Handy aussehen, Molly. Voll aufgeladen.

»Hab ich vielleicht verloren.« Ich habe es tatsächlich schon eine Weile nicht gesehen.

»Du bist unmöglich«, sagt sie.

»Du hast einen Test verpasst«, meint Luka.

»In welchem Fach?« Ich frage, aber eigentlich ist es mir egal. Ich schiebe mich an ihm vorbei zu meinem Schließfach. Rasch öffne ich es, ziehe die nicht benötigten Bücher aus meiner Tasche und stapele sie ins Fach.

»Gesundheitslehre.«

»Wie tragisch.« Gesundheitslehre ist nicht mal ein eigenes Fach, sondern gehört zu Sport. Und in Sport ist noch nie jemand durchgefallen.

»War ziemlich wichtig«, beharrt er. Er hält ein Buch in der Hand und gestikuliert damit herum. Es rutscht ihm aus den Fingern und landet auf Eries Zeh. Es ist ein Hardcover und ihre Reaktion ist übertrieben und laut.

»Dieser Scheißtest ist mir egal, Luka«, stöhne ich. Ich schlage die Tür zu meinem Schließfach zu und lehne den Kopf einen Augenblick an die metallene Oberfläche.

»Dann zieh eben im Oktober keine Sandalen an«, sagt Luka gerade. Er richtet sich auf und steckt das Buch in seinen Rucksack. Erie hebt jammernd den Fuß an.

»Das sind die einzigen Schuhe, die zu diesem T-Shirt passen«, sagt sie schmollend.

»Passen sie wirklich zu dem Shirt?«, fragt Luka.

»Als ob du wüsstest, was zu diesem Shirt passt«, feuert Erie zurück.

»Kann ich eine Sprechpause haben? Ich verhänge Sprechverbot«, unterbreche ich sie.

»Was ist los mit dir?«, fragt Luka.

Und Erie sagt: »Luka hat mir gerade ein *Buch* auf den Fuß geworfen und *du* brauchst eine Sonderbehandlung?«

»Ach kommt schon, Leute, wirklich.«

Sie lassen mich in Ruhe. Erie wirft mir einen verwirrten Blick zu, Luka einen müden, gönnerhaften. Dann reden sie miteinander, und ich darf schweigen, während wir zusammen durch die Flure gehen. Aber eigentlich gehen die beiden zusammen und ich neben ihnen. Getrennt.

Ich kann ... Manchmal kann ich einfach nicht mit Menschen reden. Und sie kennen mich schon lange. Sie verstehen es.

Es ist gut, Freunde zu haben, denen man nicht alles sofort erklären muss. Irgendwann erzähle ich ihnen schon noch von dem Unfall und von dem toten Lyle Avery, aber jetzt gehen wir einfach zum Unterricht. Manchmal sagen sie im Gespräch meinen Namen, und ich nicke, als würde ich zuhören, aber sie erwarten nicht, dass ich antworte. Sie erwarten nichts anderes von mir, als dass ich einfach neben ihnen hergehe.

Vor der Mittagspause hält Erie es nicht mehr aus und fängt mich am Eingang der Cafeteria ab.

»Du hast den ganzen Tag kein Wort mit mir geredet«, sagt sie.

»Das ist eine Übertreibung.«

Erie denkt manchmal, dass alles in der Welt für sie oder gegen sie oder wegen ihr geschieht. Sie hält sich für sehr engagiert, wenn es darum geht, am Leben ihrer Freunde teilzunehmen.

»Was ist … alles okay? Ja?«

Sie sagt *okay* auf eine Art und Weise, die in Wirklichkeit bedeutet: *Hast du einen schlechten Tag?* Oder: *Bist du deprimierter als sonst?* Oder: *Soll ich jemandem Bescheid sagen?*

Da lässt man einmal eine Bemerkung darüber fallen, dass man vielleicht sterben möchte, und dann wird man für immer und ewig von seinen Freunden behandelt, als wäre man ein geladenes Gewehr in den Händen einer unglaublich nervösen Person.

»Ich hatte eine harte Nacht. Mir geht's gut. Ich erzähl's dir später.«

Erie schüttelt den Kopf. Ihre langen, kalifornienblonden Haare glänzen so sehr, dass sie ein eigenes Licht abstrahlen. Sie bahnt sich ihren Weg zu unserem üblichen Platz in der Cafeteria, einem Tisch ganz hinten am Fenster, und setzt sich zusammen mit ihrem neuen, merkwürdigen Dichterfreund hin, der phasenweise nur in Reimen spricht. Carbon.

Keine Ahnung, ob er wirklich so heißt.

Ich stelle mich an und nehme wie immer das überbackene Käsesandwich, einen Apfel und Kaffee. In meiner Schule wird nach monatelangem Kampf, den vor allem Clancy und ich mit in Freistunden verteilten Bittgesuchen geführt haben, endlich Kaffee ausgeschenkt. Wir haben mit einem Sitzstreik gedroht, und schließlich wurden Instantkaffee und heißes Wasser ins Angebot aufgenommen.

Vor mir in der Schlange steht Bret Jennings. Ich verhalte mich möglichst unauffällig, denn bei unserem letzten Zusammentreffen hab ich ihm den größten Teil meines Orangensafts auf die Turnschuhe gekippt.

»Hey, Molly«, sagt er.

Soviel zum Thema unauffällig.

»Ach, hallo. Wie ist die Lage?«

»Trockener als bei unserer letzten Begegnung.«

Oh, ein Witz. Er macht gern Witze.

»Habe ich schon gesagt, dass mir die Sache mit dem Orangensaft total leidtut?«

»Mehrmals.« Er lächelt.

»Ich, äh, ja … ja, wir haben beide einen Apfel genommen. Zum Lunch.«

Wir haben beide einen Apfel genommen?

»Wie scharfsinnig, Molly.« Aber er lächelt immer noch.

»Du bist, äh, du bist dran. Mit Zahlen.«

Er wendet sich von mir ab. Wir haben beide einen Apfel genommen. Ich könnte auf der Stelle sterben, wirklich. In dieser Schlange.

»Bis bald dann«, sagt er, nachdem er der Frau an der Kasse sein Geld gegeben hat.

Ich bezahle mein Essen und versuche zu meinem Tisch zu kommen, ohne mit jemandem Blickkontakt aufzunehmen.

Luka hat mir zwischen sich und Erie einen Platz frei gehalten, aber Erie redet sowieso mit Carbon. Außerdem könnte ich es ihnen *jetzt,* inmitten dieser vielen Menschen, ohnehin nicht erzählen. Also lehne ich mich zu Erie hinüber und verspreche, dass ich nach meiner Verabredung zu ihr rüberkomme. So nennen wir meine Sitzungen bei Alex. Sie finden immer mittwochs nach der Schule statt, und wir bezeichnen sie als meine Verabredung, damit sie auch etwas anderes, Cooleres sein könnten. Eine Verabredung mit interessanten Leuten, um illegale Drogen zu nehmen. Oder eine Verabredung, um meine Studien in Mordtechniken und -strategien fortzusetzen. Nur Luka und Erie wissen, was wirklich dahintersteckt.

Ich trinke meinen Kaffee und warte auf den unvermeidlichen Besuch von Clancy, der es in der Regel auf sich nimmt, mich um mein übriges Essensgeld zu erleichtern, um sich von allem einen Nachschlag zu holen. Kaum ist er weg, klingelt es, und mir wird bewusst, dass als Nächstes »Eigenständiges Lernen« dran ist, aber ich habe die Texte für Englisch nicht gelesen. Das Buch liegt irgendwo auf dem Rücksitz meines Autos, also verabschiede ich mich kurz bei Luka und Erie. Draußen regnet es inzwischen natürlich in Strömen – aus dem Nichts –, sodass ich klatschnass werde.

Ich habe keinen Schirm und keine Zeit, meinen Mantel aus dem Schließfach zu holen, deshalb regnet es mir auf die Haare und ins Gesicht und in die Augen, und alles ist ein bisschen verschwommen, sodass ich einen Moment brauche, bis ich ihn erkenne. Er lehnt unter einem riesigen Schirm an meinem Auto. Mit dem Handrücken wische ich mir die Regentropfen aus den Augen und merke zu spät, dass ich mir sehr wirkungsvoll die Wimperntusche übers ganze Gesicht geschmiert habe.

Sayer Avery. Er sieht aus, als würde er auf mich warten, aber er sieht auch aus, als würde er hoffen, dass ich niemals käme. Und jetzt, wo ich da bin, ist er ein bisschen enttäuscht.

»Hey, ähm ... Was machst du hier?«, frage ich.

Er hebt den Schirm ein bisschen an, tritt vom Auto weg und bietet mir an, unter den Schirm zu kommen.

Ohne nachzudenken, ducke ich mich darunter. Genug Platz für uns beide. Der Schirm ist riesig. Ein Golfschirm. Wie eine Plane an einem Stock.

Ich bin echt froh, dass ich nichts davon laut ausgesprochen habe.

»Hi, Molly«, sagt er.

»Was machst du hier?«, wiederhole ich.

»Ich wollte ... Ich wollte dir noch mal danken. Für alles, was du für meinen Bruder getan hast. Sie haben mir gesagt, dass du bei ihm geblieben bist. Sie haben mir gesagt, dass sonst niemand zu ihm gegangen ist, aber du bist bei ihm geblieben.« Er scheint es ehrlich zu meinen, und ich will gerade antworten, da denke ich: Wie hat er eigentlich mein Auto gefunden? Es gibt nur eine Highschool in Manchester, sicher, aber mein Auto? Er hat sich an mein Auto gelehnt. Nicht an irgendeines. Ich schaue von meinem Auto zu ihm.

»Woher hast du gewusst, dass das mein Auto ist?«

»Sie haben es mir beschrieben. Die Rettungssanitäter. Ich wollte dich finden«, antwortet er, ohne zu zögern.

»Dann hast du einfach gedacht … du wartest auf mich? Im Regen? Bis ich auftauche?«

Sein Gesicht verändert sich. Einen Augenblick lang sieht er verloren aus, verwirrt und traurig. Sein Bruder ist gerade gestorben und ich mache ein Fragespiel mit ihm.

»Tut mir leid«, rudere ich zurück. »Keine Ahnung, warum ich so … Schau, es tut mir einfach leid. Alles. Dein Bruder.«

»Ich hätte nicht herkommen sollen. Das wirkt wahrscheinlich ein bisschen komisch.«

»Wirkt überhaupt nicht komisch. Wirklich, ich … Es wirkt nicht komisch.«

Er fummelt am Griff des Regenschirms herum. Da ist eine kleine Schlaufe, durch die man die Hand stecken kann. Er schlingt sie sich um einen Finger. Er schlingt sie herum und wickelt sie wieder ab. Er sieht aus, als wollte er etwas sagen. Er sieht aus, als suchte er Worte, die noch nicht erfunden sind. Und ich weiß nicht, warum, aber ich möchte ihm ganz nah sein. Bis gestern wusste ich nicht einmal, dass es ihn gibt, aber jetzt, da ich es weiß, möchte ich, dass er nie wieder weggeht. Ich will für immer mit ihm auf diesem Parkplatz stehen. Ich möchte die Zeit anhalten. Ich will diesen Regen, diesen Schirm, diesen Augenblick … Für immer.

»Die Beerdigung ist am Samstag«, sagt er nach einer langen Pause.

»Oh«, sage ich.

»Wäre schön, wenn du kommen würdest. Ich meine … Ich bin hergekommen, um zu fragen, ob du kommen kannst.«

»Oh«, sage ich wieder. »Klar.«

»Wir kennen hier nicht viele Leute. Meine Eltern sind tot. Es ist nicht mehr viel Familie da. Ich … Ich weiß nicht, aber ich dachte, es wäre nett, wenn du kommen würdest.«

»Ich bin … klar, Sayer. Klar komme ich.«

»Kann ich deine Nummer haben?« Er zieht sein Handy aus der Tasche. »Ich schreibe dir die Einzelheiten.«

»Ja, klar.« Ich gebe ihm meine Nummer. Heute Abend lade ich mein Handy auf.

»Bis bald, Molly«, sagt er.

Und dann ist er weg. Einfach so.

Ich will nicht, dass er geht, aber ich kann ihn nicht bitten zu bleiben. Ich kenne ihn nicht einmal.

VIER

Nach der Schule setze ich Hazel und Clancy beim Buchladen ab und fahre weiter zu Alex' Praxis. Sie liegt mitten in der Stadt und ich muss wieder die Prescott Street hinunterfahren. Immer wenn ich in den Rückspiegel schaue, sehe ich Lyles Motorrad hinter mir herrasen, das sich zwischen den Autos hindurchschlängelt. Den Lastwagen, der gegen seinen Hinterreifen prallt. Seinen Körper, der über mein Auto hinwegfliegt. Seinen Körper, der auf der Straße aufschlägt. Seine gebrochenen Knochen. Das Blut.

Der Mann mit dem 14-Uhr-Termin ist schon älter. Er kommt immer genau fünf Minuten vor drei heraus, weinend und mit rotem Gesicht, und vermeidet jeden Blickkontakt. Mir ist das sehr recht.

Manchmal frage ich mich, was Alex in diesen fünf Minuten zwischen dem Termin dieses Mannes und meinem Termin macht, aber wahrscheinlich ist es etwas völlig Uninteressantes. Wahrscheinlich sortiert er seine Mitschriften. Spitzt die Bleistifte auf seinem Schreibtisch. Vergewissert sich, dass seine Bücher immer noch in alphabetischer Reihenfolge stehen.

Ich mag Alex wirklich. Er ist vielleicht Ende dreißig, gut aussehend und nur selten richtig neugierig. Normalerweise lässt er mich reden, und wenn mir nicht nach Reden ist, spielen wir Karten, oder ich lasse ihn eine Kurzgeschichte lesen, an der ich gerade arbeite. Er fragt mich, ob ich Schriftstellerin werden möchte, aber darüber habe ich eigentlich noch nie richtig nachgedacht. Natürlich mag ich Bücher, ich bin förmlich damit großgezogen worden. Der Buchladen ist älter als ich. Ganz hinten befindet sich ein Raum, wo meine Eltern eine Wiege stehen hatten.

»Hallo, Molly.«

»Hi, Alex.«

Ich werde in sein winziges Sprechzimmer geleitet, das nur aus Bücherregalen und gebundene Ausgaben von merkwürdigen psychologischen Enzyklopädien besteht. Er hat für mich die Jalousien halb heruntergelassen. Meine Augen sind nämlich sehr lichtempfindlich.

»Und wie geht es uns diese Woche?«

Dankbar lasse ich mich in den Sessel fallen und sinke mit meinem ganzen Körper in die Kissen.

»Ich war dabei, als jemand gestorben ist.« Es hat keinen Sinn, um den heißen Brei herumzureden.

Er greift nach seiner Lesebrille. Seine Hand hält inne, und sein Blick schießt zu meinem Gesicht, um abzuchecken, ob ich lüge. Er traut es mir zu. Manchmal sage ich etwas, nur um seine Reaktion zu testen, und dann lache ich wie verrückt, während er den Kopf schüttelt und mir erklärt, dass alle Scherze auf einem echten Gefühl basieren, und ob ich vielleicht ausführlicher darüber reden möchte.

»Im Ernst?«

»Auf der Kreuzung von Prescott und Jacobson«, antworte ich. »Motorradunfall.«

»Das war … Ich hab's heute Morgen in den Nachrichten gesehen.« Noch hat er seinen Notizblock nicht aufgenommen. Ich habe ihm mal gesagt, dass ich es nicht leiden kann, wenn er schreibt, während ich rede. Das lenkt ab.

»Er ist über mein Auto geflogen«, erzähle ich. »Und vor mir auf dem Asphalt gelandet. Ich musste eine Vollbremsung machen. Ich hätte ihn beinahe überfahren. Ich meine – es war wirklich knapp. Ich hätte ihn fast überfahren.«

»Wie schrecklich, Molly. Es tut mir sehr leid, dass du das mit ansehen musstest.« Er ist sehr ernst. Aber da ist noch etwas. Ich weiß nicht genau, was. Als würde er in meinem Gesicht noch jemand anders suchen.

»Es war nicht meine Schuld. Er ist bei Rot in die Kreuzung gefahren und da hat ihn der Lastwagen erwischt und ist gegen sein Hinterrad geprallt.«

»Natürlich«, sagt Alex, »natürlich war es ein Unfall. Es war nicht deine Schuld.«

»Es geht noch weiter.« Ich warte, dass er mich mit einer Geste auffordert weiterzureden. »Ich bin ausgestiegen. Ich wollte sehen, ob mit ihm alles okay ist.«

»Und dann?«

»Ich hab ihm den Helm abgenommen. Und … überall war Blut. Viel Blut.«

Auf einmal ist es schwer, darüber zu reden. Auf einmal sehe ich nur Lyles Gesicht und Lyles Augen, die mich anschauen. Er sah so traurig aus, aber auch so glücklich, weil er mich eingeholt hatte.

»Lass dir Zeit«, sagt Alex.

Ich hole tief Luft. »Dann ist etwas Merkwürdiges passiert.«

»Und was?«

»Er …« Keine Ahnung, warum ich ihm das erzähle. Normalerweise erzähle ich ihm so was nicht. Er sagt mir immer, ich solle ehrlich zu ihm sein, und meine Eltern sagen auch immer, ich solle ehrlich zu ihm sein, aber ich lasse ein paar Sachen aus, weil ich nicht wieder Medikamente nehmen möchte und weil ich nicht will, dass er mich einweist. Weil ich nicht in einem Irrenhaus enden will. Es gibt sie noch. »Er kannte meinen Namen, Alex. Er sagte dauernd, dass er mich kennt und dass er mich einholen wollte. Als ob … als ob er mich treffen wollte oder so. Er sagte, er hätte wieder Scheiße gebaut. Das hat er gesagt. Ich sagte ihm, alles würde gut werden. Aber er meinte, er wisse, dass er sterben werde.«

Alex lehnt sich auf seinem Stuhl ein bisschen zurück. Seine Augen sind groß und mitfühlend. »Menschen sagen manchmal ziemlich wirre Dinge, wenn sie so schwer verletzt sind, Molly. Das Gehirn arbeitet dann nicht mehr richtig. Der Körper steckt alle Energie in die Wunden. Da bleibt kaum noch was übrig für kognitive Aktivität.«

»Er kannte meinen Namen, Alex. Er hat meinen Namen gesagt.«

»Die Stadt ist klein, Molly.«

»Nein, das war anders. Er hat sich verhalten, als würde er mich kennen. Als würde er mich *wirklich* kennen. Aber ich habe ihn vorher noch nie gesehen.«

»Vielleicht ist er der Freund eines Freundes? Jemand, dem du ein Mal begegnet bist und den du dann vergessen hast?«

War das möglich? Ich durchforste ein Jahr zusammenhangloser Erinnerungen. All die weißen Flecken, die fehlenden Zeiten steigen an die Oberfläche. Ich weiß, dass ich sein Gesicht nie zuvor gesehen habe. Ich hätte mich an ihn erinnert.

Oder …

Keine Ahnung.

Vielleicht auch nicht.

Vielleicht wirklich nicht.

»Ich glaube nicht«, sage ich, aber inzwischen bin ich nicht mehr ganz sicher.

»Niemand will so etwas am eigenen Leib erfahren. Selbst wenn er dir nur einmal begegnet wäre, Molly, genug, um deinen Namen zu wissen, hat er vielleicht eine intensivere Verbindung zu dir erfunden, um sich selbst zu helfen.«

Das ergibt Sinn.

Es ergibt doch Sinn, oder?

»Meinst du wirklich?«

»Na klar. Überleg mal. Wenn du so schwer verletzt wärst, dass du glaubst, du schaffst es nicht, würdest du dann nicht wollen, dass jemand – irgendjemand – bei dir ist? Statt ein vollkommen Fremder? Oder dass du ganz allein wärst?«

Diese Erklärung ist sehr viel besser als alles, womit ich aufwarten kann.

»Erzähl mir, was noch passiert ist«, fährt er fort. »Was war nach dem Unfall?«

»Er hat mich gebeten, im Krankenwagen mitzufahren. Außerdem sollte ich seinen Bruder anrufen. Mit seinem Handy. Dann im Krankenhaus waren wir in einem eigenen Warteraum. Es war irgendwie komisch. Der Bruder und ich. Es hat sich angefühlt, als würde ich mich irgendwo dazwischendrängen.«

»Du hattest das Gefühl, du hättest kein Recht, seinen Schmerz zu teilen.«

»Ich war voller Blut, Alex«, fahre ich fort. »Der Bruder, er, ähm ... er hat mich zur Beerdigung eingeladen. Am Samstag.«

»Gehst du hin?«

»Meinst du, ich sollte?«

»Ich glaube, das könnte dir das Gefühl geben, dass du die Sache abgeschlossen hast. Wahrscheinlich hat er dich eingeladen, weil du dich als Einzige um seinen Bruder gekümmert hast. Es spricht nichts dagegen, seine Einladung abzulehnen, aber ich glaube, es könnte eine gute Erfahrung sein.«

Seit wann lasse ich es zu, dass eine Erfahrung gut ist.

Das sage ich aber nicht laut.

Stattdessen sage ich: »Danke, Alex. Es war, ähm ... wirklich hilfreich. Mit dir zu sprechen.«

»Ich glaube, jetzt hast du mir zum ersten Mal gedankt, Molly.«

Und ich kann es ihm nicht verdenken, dass er ein kleines bisschen selbstzufrieden aussieht.

Als ich endlich nach Hause komme, schließe ich mein Handy an die Steckdose an. Es war über vierundzwanzig Stunden aus gewesen und ich habe ungefähr siebenunddreißig Textnachrichten von Erie. In der letzten, die ungefähr vor einer halben Stunde kam, fragt sie mich, ob ich glaube, es würde einfach werden, eine neue scheißbeste Freundin zu finden, die sich die ganze Scheiße mit dem permanent toten Handy gefallen lässt. Ich schreibe ihr zurück und bitte sie, nach dem Abendessen rüberzukommen. Sie antwortet sofort: *Okay.*

Von Sayer ist noch nichts da.

Und von Luka auch nicht, aber das überrascht mich nicht. Er ist, was sein Handy angeht, noch schlimmer als ich.

Beim Abendessen sind alle in meiner Familie wieder ganz die Alten. So lange dauert hier also das Mitgefühl, wenn man den Tod eines Jungen miterlebt hat. Nicht mal einen Tag. Aber ich darf mich nicht beklagen. Mom hat meinen Lieblingsnachtisch, Zitronen-Meringue-Pie, mitgebracht und Dad schenkt mir ungefragt ein kleines Glas Wein ein. Clancy ist in sich gekehrt wie immer. Er schiebt seine Erbsen auf dem Teller herum, als wolle er herausfinden, was sie ihm zu sagen haben, und Hazel zwitschert uns unermüdlich etwas von ihrem perfekten Tag, ihren perfekten Freunden und ihrem perfekten Leben vor.

Verdammter Alien.

Als es klingelt, sitzen wir noch beim Nachtisch, aber Erie kommt einfach rein. Sie verschlingt ein gesamtes zweites Abendessen in eindrucksvoller Geschwindigkeit und vernichtet zwei Stück Kuchen in weniger als sechs Minuten. Sie hat einen Stoffwechsel wie ein, keine Ahnung, Kolibri. Ein Lebewesen, das eine Menge frisst und sich rasend schnell bewegt und irgendwie beneidenswert dünn dabei bleibt.

Ich bin nicht so dünn wie sie. Ich habe ein volles Gesicht und eine schmale Taille, aber dickere Oberschenkel und breitere Hüften.

Ich freue mich nicht gerade darauf, Erie alles noch einmal zu erzählen, aber ich habe bereits beschlossen, den ganzen seltsamen Kram wegzulassen. Je mehr ich über Alex' Interpretation der Sache nachdenke, desto klarer wird mir, dass es total unnötig war, so auszuflippen. Gerade Erie gegenüber, die auch aus der kleinsten Angelegenheit noch ein Riesending machen kann, werde ich mich an das Wesentliche halten. Toter Junge. Krankenwagen. Bruder. Beerdigung. Ende.

Eigentlich sollte ich Luka anrufen und es beiden zusammen erzählen, aber allein die Vorstellung, beide hier zu haben, ist anstrengend. Ich bin müde. Mittwochs bin ich immer müde und ich muss noch Hausaufgaben machen und es ist schon sieben. Haare waschen müsste ich heute Abend auch noch. Das könnte ich eigentlich gleich tun, vielleicht würde Erie sie mir flechten.

Erie ist meine älteste Freundin. Sie ist mit fünf von Kalifornien nach Massachusetts gezogen und ihre Mom ist in den

Buchladen meiner Eltern gekommen und hat nach einem Job gefragt. Sie hat eine Weile an der Kasse gearbeitet, bis sie etwas Besseres gefunden hat, und so habe ich Erie kennengelernt. Sie hing immer in der Kinderabteilung herum und zog unendlich viele Bücher aus den Regalen, um nachzuschauen, ob genug Bilder drin waren. Und ich, damals auch fünf, stellte die Bücher, die sie aussortiert hatte, wieder ins Regal zurück. Seither hat sich nicht viel verändert.

Ihr voller Name ist Erie Black. Einen zweiten Vornamen hat sie nicht. Zumindest soll ich das anderen gegenüber behaupten. In Wirklichkeit lautet ihr voller Name Erie Moon Black, aber das darf ich auf keinen Fall jemals laut sagen, sonst erzählt sie, dass ich mal im Schlaf mitten in den Flur gepinkelt habe. Mit vierzehn.

Wir haben alle unsere Geheimnisse.

Nach dem Essen gehen Erie und ich hoch in mein Zimmer. Sie wirft sich bäuchlings auf mein Bett und ich nehme die Fensterbank. Ihr Handy lässt sie stecken, was für sie ein Zeichen äußersten Respekts ist. Sie hat gemerkt, dass ich etwas Wichtiges zu erzählen habe.

Also erzähle ich es ihr.

Die seltsamen Sachen lasse ich weg: die verlorene Zeit (na klar), dass Lyle meinen Namen wusste und dass Sayer bei meinem Auto auf mich gewartet hat. Ich erzähle ihr, dass er mich zur Beerdigung eingeladen hat, aber die Einzelheiten lasse ich weg.

Als ich fertig bin, sitzt Erie mit gekreuzten Beinen da und stützt das Kinn in die Hände. Ihre blauen Augen sind weit aufgerissen und ganz aufmerksam. Manchmal muss man sich ganz schön dafür anstrengen, aber Erie kann eine super Zuhörerin sein. Sie sagt immer erst etwas, wenn man fertig ist, und wenn die Geschichte gut ist, ist sie ganz fasziniert.

»Wow«, stößt sie aus, als klar ist, dass ich am Ende bin. »Wow, Molly, das ist … nicht zu fassen. Gehst du hin?«

»Alex hält es für eine gute Idee.«

Ihn Alex zu nennen hilft. Das hört sich an, als würde man über einen Freund reden. Nicht über seinen Seelenklempner.

»Wenn ich mitgehen soll …«

»Sayer will wahrscheinlich nicht, dass ich jemanden mitbringe. Er hat gesagt, es würden nur wenige kommen.«

»Lass es mich einfach wissen«, sagt sie. Ihre Miene hat sich ein bisschen verändert. Nur ein kleines bisschen. Als ob sie etwas sagen wollte und ihr dann eingefallen ist, dass sie es nicht darf. »Sayer? Komischer Name.«

Ich zucke die Achseln. »Er scheint nett zu sein.«

»Aber sie sind nicht aus der Gegend«, sagt sie. »Sonst wären wir ihnen über den Weg gelaufen.«

Das stimmt. Die Städte hier sind so klein, dass wir sogar Leute aus zwei oder drei umliegenden Highschools kennen.

»Vielleicht sind sie neu«, sage ich.

»Das ist schrecklich, Molly.« Und sie schaudert tatsächlich. »Dass du das alles gesehen hast. Dass du sogar mit ins Krankenhaus fahren musstest. Das kommt davon, dass du geschwänzt hast, ohne mir was zu sagen.«

»Ich hab das nicht geplant.«

»Du bist fünf Minuten vor dem Klingeln gegangen. Hättest du nicht warten können?«

»Wirklich?«, sage ich, nicke dann aber energisch mit dem Kopf, als mir einfällt, dass ich das ja wissen sollte. »Offensichtlich, ja, so war es.«

»Wer hat dir eigentlich geschrieben?«

»Was?«

»Du hast eine Nachricht auf dein Handy bekommen. Ich hab gesehen, wie du sie gelesen hast. Dann hast du zurückgeschrieben, bist einfach aufgestanden und gegangen.«

Das war interessant. Ich hatte meine Freunde nie ausgequetscht, um zu erfahren, wie ich mich verhalten habe, wenn mir Zeiten fehlten. Als ich es einmal bei Hazel probiert habe, hat sie mich innerhalb einer Sekunde durchschaut. Offenbar bin ich nicht gut darin, so zu tun, als wäre ich normal.

Ich erinnere mich nicht an eine Nachricht.

»Hatte damit nichts zu tun«, behaupte ich nicht sehr überzeugend. Was sollte ich sonst sagen? Hatte sie etwas damit zu tun? Keine Ahnung.

Erie zieht die Augenbrauen hoch. »Glaub ich nicht.«

»Wie du meinst.«

»Dann zeig mir dein Handy.«

Sollte ich das tun? Nicht, dass ich sie daran hindern könnte, es sich einfach zu nehmen. Es liegt auf dem Schreibtisch und sie ist schneller als ich. Außerdem würde ich vielleicht etwas Interessantes herausfinden. Ich deute mit dem Kinn auf das Handy. Sie streckt den Arm aus und nimmt es, bevor ich es mir anders überlegen kann. Dann scrollt sie ungeduldig durch meine Nachrichten. Erie respektiert die Privatsphäre anderer ebenso sehr, wie meine Eltern einen einfach so dahingesagten Witz über Selbstmord respektieren. Das heißt, nicht im Geringsten.

Dann sagt sie geknickt: »Du hast sie gelöscht! Das ist nicht fair, Molly!«

Ich halte mich an meine sicherste Reaktion: ein Achselzucken.

»Hier ist überhaupt nichts von gestern Morgen«, fährt sie fort. »Du bist ganz schön gerissen. Mit wem schreibst du, dass ich nichts davon erfahren darf?«

»Mit deinem Freund vielleicht?«

Sie bewirft mich mit einem Kissen. Ich fange es auf und drücke es mir an den Bauch. Mir ist ganz komisch. Was hat Erie gesehen? Wer hat mir eine Nachricht geschickt? Warum hat die mich veranlasst, die Schule zu verlassen?

»Oh, da kommt was«, sagt sie auf einmal und dreht mein Handy so, dass ich den Bildschirm sehen kann.

»Von wem? Luka? Ich hätte ihn anrufen sollen.«

»Anonym«, sagt sie.

Anonym? Wen kenne ich, dessen Nummer nicht angezeigt wird?

»Oh«, fährt sie fort. Wieder dieser merkwürdige Gesichtsausdruck. Noch merkwürdiger, weil Erie normalerweise sagt, was sie sagen will. »Einzelheiten zur Beerdigung.« Sie wirft mir das Handy zu.

Ein seltsames Frösteln erfasst mich, als ich sehe, dass sie recht hat. Ort und Zeit für die Beerdigung am Samstag. Aber die Nummer wird nicht angezeigt. Wie soll ich ihm zurückschreiben, ob ich komme oder nicht?

Dann kommt noch eine Nachricht:

Bitte komm.

Fünf Sekunden später noch eine:

Ich hol dich ab.

Und mir wird klar, dass ich keine Wahl habe.

Ich muss hingehen. Ich hab ja keine Möglichkeit, ihm zu sagen, dass er mich nicht abholen soll.

Aber da ist noch was anderes.

Ich *will,* dass er mich abholt.

Ich will ihn wiedersehen.

Und noch was ganz anderes:

Woher weiß er, wo ich wohne?

FÜNF

Ich frage ihn, als ich ihn sehe.

Ich warte an dem großen Fenster im Wohnzimmer, und sobald sein Auto in unsere Einfahrt biegt, bin ich zur Tür hinaus.

Er hat ein schönes Auto. Dunkelblau, glänzend, makellos.

Er steigt aus, um mir die Tür zu öffnen, was ich nicht von ihm erwarte. Noch bevor ich die Beifahrerseite erreiche, ist er da. Er trägt einen dunkelblauen Anzug. Ich trage das Kleid, das ich zu den Beerdigungen meiner Großeltern getragen habe. Es ist schwarz und reicht mir bis zu den Knien. Ich komme mir komisch darin vor. Als würde es vielleicht irgendwie riechen. Als hätte es den Geruch all der Trauerhallen aufgenommen, in denen es schon war. Das Formaldehyd. Die Blumen. Den Geruch, von dem niemand zugibt, dass er Verwesung ist.

»Du siehst hübsch aus«, sagt er, als ich vor ihm stehe.

Ich zucke die Achseln und murmele einen Dank.

Ich mag es nicht, wenn man mir Komplimente macht. Ich habe dann das Gefühl, als wäre ich im Gegenzug etwas schuldig.

Außerdem geht es um eine Beerdigung. Möchte ich bei einer Beerdigung wirklich hübsch aussehen? Man sollte auf Beerdigungen nicht hübsch aussehen, oder? Was sagt das über einen? Sagt es, dass einem der Verstorbene egal ist? Wenn man genug Zeit hat, sich zu frisieren und Make-up aufzulegen und passende Schuhe anzuziehen? Sollten wir nicht alle zu traurig sein, um das zu tun?

In seinem Auto riecht es gut. Er schließt die Beifahrertür und ich lege den Gurt an. Dann dreht er das Radio so leise, dass wir reden können, und fährt aus der Einfahrt hinaus, die Straße hinunter. Die Beerdigung ist drei Städte weiter. Es leuchtet ein, dass ich sie nicht kannte. Trotz allem, was Erie gesagt hat, ist es verständlich, dass ich jemanden, der drei Städte weit entfernt wohnt, nicht kenne. Wenn sie für sich geblieben sind und nicht oft ausgegangen, könnte es schon sein, dass ich sie nicht kenne.

»Du bist so still«, sagt er.

Da ist es wieder. Dieser Sog. Diese Anziehungskraft. Ich merke, dass ich glücklich bin, und ich weiß nicht, warum. Es ist ein Ausmaß an Glück, auf das ich jahrelang nicht zu hoffen gewagt hatte. So ruhig, so still. Hoffentlich verfährt er sich, damit wir im Kreis fahren, bis wir beide sterben, und nur anhalten, wenn wir tanken müssen oder Wasser brauchen, weil wir durstig sind, oder Snacks, weil wir Hunger haben. Ich werde meine Hand auf sein Bein legen, während er fährt, und er wird mir Wiegenlieder singen, wenn ich nicht schlafen kann, und mir wird bewusst, dass ich mir nie zuvor so etwas gewünscht habe. Ich habe mich nie zuvor so verbunden mit jemandem gefühlt, und ich frage mich, ob das alles wirklich ist. Keine Ahnung, warum ich das jetzt fühle, Sayer gegenüber, aber das Gefühl ist da, und ich zwinge es, zu bleiben.

»Es tut mir leid«, antworte ich.

»Du brauchst dich nicht zu entschuldigen.«

»Ich glaub, ich bin gerne still.«

Ich bin gerne still? Wir haben beide einen Apfel genommen?

»Molly«, sagt er, und bei der Art und Weise, wie er meinen Namen sagt, rührt sich etwas in mir. Vielleicht eine Erinnerung oder ein Hinweis. Es klingt, als hätte er meinen Namen schon einmal gesagt. Es klingt, als hätte er vor einem Spiegel geübt, meinen Namen zu sagen, bis er es perfekt kann.

»Ja.«

»Ich bin wirklich froh, dass du mitkommst.«

»Oh.«

»Ich glaube, mein Bruder hätte sich auch gefreut.«

»Wart ihr euch sehr nah?«

»Wir waren Brüder«, sagt er, und so, wie er es sagt, weiß man genau, was er meint: Wir hatten unsere Meinungsverschiedenheiten, und manchmal haben wir uns gehasst, aber er war mein Bruder, und jemand ist gegen das Hinterrad seines Motorrads gefahren, und jetzt ist er tot. Jetzt fahren wir zu seiner Beerdigung, und du sitzt in meinem Auto, und wir machen Small Talk. Du hättest dieses Kleid nicht anziehen sollen. Der Geruch nach Formaldehyd schnürt mir die Luft ab.

»Ja, klar, natürlich«, sage ich. Ich habe auch einen Bruder. Clancy ist traurig und nervig, und er hat alle meine Goldfische umgebracht, als er sieben war. Er hat sie an der Schwanzflosse aus dem Aquarium genommen und sie zappelnd hochgehalten, bis ihre winzigen Lungen zusammengefallen sind. Ich habe ihn dafür gehasst. Ich habe ihn mit dem ganzen Hass gehasst, zu dem ein neunjähriges Mädchen fähig ist, aber er war immer noch mein Bruder, und meine Liebe zu ihm wird über den Tod hinausreichen. Sie wird Goldfische überdauern und das ganze Leben. Und ich kann mir nicht vorstellen, jemals zu seiner Beerdigung zu fahren. In meinem Kopf wird er niemals sterben. Er und Hazel werden niemals sterben. Sie werden niemals altern und immer gleich bleiben.

»Ich kann dir gar nicht genug danken«, sagt er. Aus dem Augenwinkel sehe ich, dass er mich aus dem Augenwinkel heraus anschaut. Ich sehe, wie ein Finger seiner rechten Hand zuckt, als wolle er meine Hand in seine Hand nehmen. Aber er tut es nicht. Nein.

»Ich habe getan, was alle getan hätten«, sage ich. Aber das ist eine Lüge. Es waren andere Leute da, und niemand hat getan, was ich getan habe. Niemand hat sich von dem sterbenden Jungen mit Blut vollhusten lassen. Niemand hat den Kopf des sterbenden Jungen gehalten, während er seine letzten Atemzüge getan hat. Ich musste meinen Pullover wegwerfen. Meinen Lieblingspullover. Ich habe ihn ganz unten in die Mülltonne gestopft, die Seiten einer alten Zeitung zerknüllt und so viele in den Müll geworfen, bis ich den Pullover nicht mehr sehen konnte. Blut geht beim Waschen nicht raus. So viel Blut wäre auf keinen Fall rausgegangen und deshalb habe ich es nicht einmal versucht.

»Ich glaube nicht, dass viele Menschen getan hätten, was du getan hast«, sagt Sayer.

Und dann schweigen wir. Ich schaue aus dem Fenster und alles kommt mir fremd vor. Wir könnten auch in einem anderen Land, einem anderen Universum sein. Wir könnten in der Zukunft sein oder in der Vergangenheit. Nichts mehr kommt mir vertraut vor. Die Menschen, die ich früher kannte, sind Fremde. Und der Fremde, der neben mir sitzt, kommt mir vor wie jemand, den ich schon mein ganzes Leben lang kenne.

Nichts ergibt einen Sinn.

Und dann frage ich ihn: »Sayer, woher hast du gewusst, wo ich wohne?«

Und er sagt: »Ich will dich nicht anlügen.«

Und ich sage: »Warum solltest du mich anlügen?«

Und er sagt: »Dafür gibt es Gründe.«

»In welcher Hinsicht würdest du mich anlügen?«

»Die Stadt ist klein«, sagt er. »Viele hätten es mir sagen können.«

»Hat es dir jemand gesagt?«

»Irgendwann«, sagt er, »hat es mir jemand gesagt.«

Und ich sage: »Wie lange kennst du mich schon?«

Und er sagt: »Es fühlt sich an, als würde ich dich schon immer kennen.«

Und ich sage: »Ja, so geht es mir auch.«

Und er sagt: »Keine Fragen mehr, okay? Nicht jetzt.«

Und da fällt mir ein, dass sein Bruder gestorben ist, und deshalb nicke ich zustimmend und schaue wieder aus dem Fenster, und als wir zur Trauerhalle kommen, bleibe ich im Auto, während er den Kühler umrundet, um mir die Tür zu öffnen. Er nimmt meine Hand und zieht mich heraus und dann umarmt er mich. Er umarmt mich, als würde er ohne mich sterben. Als wäre ich das Einzige, was ihn am Leben hält. Ich will ihm sagen, dass dieses Gefühl auf Gegenseitigkeit beruht, aber ich lasse es. Ich sage nichts. Alles, was ich sage, würde falsch herauskommen, deshalb sage ich nichts.

Die Beerdigung zieht verschwommen an mir vorbei. Mir fehlt zwar keine Zeit, aber ich zwinge mich dazu, mich von meinem Körper zu trennen, Konzentration abzubauen, weil das einfacher ist. Ich bin ziemlich gut darin geworden. Ich sitze umgeben von Fremden in der zweiten Reihe. Einige schauen mich an, als würden sie mich kennen, aber so schauen sie alle an. Niemand begrüßt mich. Sayer sitzt am Rand mit einem Mann, der sein Onkel sein könnte, und einer Frau, die vielleicht seine Großmutter ist. Der Raum ist klein und der Sarg geschlossen. Aber obwohl er geschlossen ist, sehe ich Lyle darin. Ich sehe Lyle, wie er blutet, und ich sehe den toten Lyle. Und ich sehe den wiedergeborenen Lyle. Ich sehe Lyle, wie er durch die Luft fliegt, und ich sehe ihn auf der Straße liegen, und Blut läuft ihm aus dem Mund.

Und dann sehe ich noch etwas anderes. Und es ist, als wäre ich tatsächlich anderswo. Ich bin wieder in meinem Auto und trage meinen grauen Lieblingspullover, den Lyle vollgeblutet hat. Und ich fahre zu schnell, und ich schaue in den Rückspiegel, als könnte mir jemand folgen. Ich versuche, jemanden abzuschütteln. Und ich weine, aber ich wische mir die Tränen aus dem Gesicht und sage mir, dass ich die richtige Entscheidung getroffen habe. Aber welche Entscheidung habe ich getroffen?

Welche Entscheidung habe ich getroffen?

Ich bin in der Trauerhalle, und als ich aufwache, ist es, als erwachte ich aus etwas, das ich verloren habe.

Ich kannte Lyle Avery.

Lyle Avery kannte mich.

Ich war mit ihm zusammen, bevor er starb.

Ich war mit ihm zusammen, bevor er auf das Motorrad stieg.

Ich kannte ihn.

Ich war mit ihm zusammen. Und dann bin ich gegangen und habe ihn gebeten, mir nicht zu folgen.

Ich habe ihn gebeten, mir nicht zu folgen, aber er ist mir gefolgt.

Er hat versucht, mich einzuholen, und jemand ist gegen das Hinterrad seines Motorrads gefahren, und er ist über mein Auto geflogen, aber es war nicht meine Schuld. Es war nicht meine Schuld, weil ich ihm gesagt hatte, er solle mir nicht folgen. Es war nicht meine Schuld, weil ich ihm gesagt hatte, ich wolle nicht, dass er mir folgt.

Mitten in einer Trauerrede stehe ich auf. Jemand hält eine Trauerrede für Lyle, aber wenn ich diesen Raum nicht sofort verlasse, schreie ich.

Im Vorraum lehne ich mich an die Wand, atme in tiefen Zügen ein und zwinge mich, in der Gegenwart zu bleiben. Ich spüre, wie ich davongleite, aber ich drücke die Hände gegen die Wand und will hierbleiben. Ich will hier sein. Ich will nicht mehr, dass mir wieder Zeiten fehlen. Das ist meine Zeit und ich will sie nicht verlieren.

Und natürlich bin ich Lyle Avery nie zuvor begegnet. Ich habe ihn nie zuvor in meinem Leben gesehen.

»Molly.«

Ich öffne die Augen und Sayer steht direkt vor mir.

»Woher habe ich deinen Bruder gekannt?«, sage ich.

Und er sagt. »Lass mich diesen Tag hinter mich bringen. Lass mich nur diesen Tag hinter mich bringen und dann erkläre ich dir alles.«

Aber als er mich fragt, ob ich mit ihm zusammen wieder reingehe, sage ich, dass ich nicht kann. Ich kann da nicht wieder reingehen, weil dort zu viele Menschen sind und die Wände sich bewegen. Sie kommen bedrohlich auf mich zu, und er fragt, ob mit mir alles in Ordnung ist, und auf einmal ist nichts mehr mit mir in Ordnung. Und er sieht besorgt aus und nimmt meine Hand in seine, aber ich denke, bitte lass mich einfach in Ruhe. Bitte vergiss einfach, dass du mich jemals kennengelernt hast. Bitte lass mich einfach allein, ganz still und ganz ruhig.

»Molly«, sagt er. »Möchtest du an die Luft?«

Ich nicke steif. Ja, klar, Luft. Meinen Mantel habe ich auf meinem Platz liegen gelassen, aber auf einmal brauche ich nur Luft und Kälte. Ich lasse ihn stehen und gehe durch den

Vorraum, so schnell ich kann, ohne zu rennen. Ich stürze aus der Trauerhalle und es kommt in einem Ansturm zurück. In einem Ansturm aus Farben, Geräuschen und Gesprächen.

Ich bin in einem Gebäude. Es ist ein schmutziges, verlassenes Gebäude und ich streite mit jemandem. Ich streite mit Lyle. Klar, sagt mein Kopf, mit Lyle streite ich immer. Aber das ergibt keinen Sinn. Ich bin Lyle nie zuvor begegnet.

Lyle hat eine Flasche Whisky in der Hand, aber sie ist leer, und er wirft sie gegen eine Wand. Die Flasche zersplittert in tausend Stücke und ich mache einen Satz nach hinten und fürchte mich zum ersten Mal vor ihm. Als er mein verängstigtes Gesicht sieht, hält er inne, geht einen Schritt von der Wand weg und schaut mich an.

»Du hast Angst vor mir«, sagt er.

»Ich habe keine Angst vor dir, Lyle. Im Augenblick machst du mir vielleicht ein bisschen Angst, ja, aber Angst habe ich nicht vor dir.«

»Ich tu dir nicht weh. Ich will nur … verdammt, du bist manchmal so eine …«

Er läuft im Kreis. Ich bin wütend. Wütend auf ihn.

»So eine *was,* Lyle?« Er antwortet nicht. Ich weiß, dass er nicht antworten wird.

Ich bin jetzt so wütend, dass ich nicht stillstehen kann. Ich drehe mich um und gehe von ihm weg, komme zurück und gehe wieder weg, komme zurück – und er packt mich am Arm, damit ich stehen bleibe.

»Du weißt es«, sagt er.

»Was weiß ich?«

»Wie viel du mir bedeutest.«

»Klar«, sage ich. »Ja, ich weiß, wie viel ich dir bedeute.«

»Aber das ändert nichts?«

»Doch, es ändert alles«, sage ich. »Du weißt, dass es alles ändert.«

»Es ändert nicht alles«, sagt er. »Es stimmt dich nicht um.«

»Ich kann nichts dafür«, sage ich. Eigentlich bettele ich. Ich flehe.

»Du kannst dich bemühen. Vielleicht hast du dich einfach nicht genug bemüht.«

»Ich soll mich bemühen? Ich soll mich *bemühen,* dich zu lieben? Hörst du, wie das klingt?«

»So hab ich das nicht gemeint.«

»Es klang aber so, als hättest du es genau so gemeint.«

»Ich bitte dich nicht darum, mich ... Verdammt, wie kannst du ... Du kennst ihn nicht einmal!«

»Doch. Natürlich kenne ich ihn.«

»Aber du vergisst ihn. Die ganze Zeit. Du vergisst ihn dauernd. Wie kannst du jemanden lieben, an den du dich nicht einmal erinnerst?«

Es ist ein Schlag unter die Gürtellinie und ich antworte mit einem Schlag auf dieselbe Stelle.

»Dich vergesse ich auch. Sobald du außer Sichtweite bist, Lyle, vergesse ich dich.«

Er sieht aus, als wolle er mich schlagen. All diese Wut, die unter seiner Haut krabbelt. Warum habe ich sie nie zuvor gesehen?

»Pass auf, ich kann so was nicht mehr machen. Ich kann hier nicht bleiben. Ich versäume Unterricht deswegen, Lyle. Du hast gesagt, es wäre wichtig.«

»ES IST WICHTIG!«, schreit er.

»Du hast gesagt, es kann nicht warten. Es hätte warten können. Ich kann es mir nicht leisten, noch mehr Unterricht zu verpassen.«

Seine Gesichtszüge werden ein bisschen weicher. Er betrachtet die Scherben der Whiskyflasche. Als würde er sich wünschen, dass sie sich selbst aufsammeln und sich zusammenfügen und wieder füllen könnten. Ich stelle mir vor, wie er mir zuprostet. Ich weiß nicht, wem er sonst zuprosten könnte.

»Du kennst ihn doch gar nicht.« Seine Stimme ist leise und er schaut mich nicht an.

»Ich kenne ihn«, sage ich. »Du weißt, dass ich ihn kenne.«

»Und es gibt nichts mehr, was ich dazu sagen kann?«

Kein Gefühl mehr. Seine Stimme ist ganz tonlos.

»Du hast alles gesagt.«

»Ich kann wirklich nichts sagen?«

»Ich muss gehen.«

»Du gehst?«

»Ja.«

»Du gehst jetzt einfach?«

»Das tun Menschen. Sie gehen.«

»Oder sie bleiben.«

»Ja, sie bleiben für immer in verlassenen Gebäuden. Werden erwachsen. Haben Kinder. Malen Bilder an die Wand.«

»Wir müssten nicht hierbleiben.«

Er ist so ernst und seine Ernsthaftigkeit verursacht mir ein unbehagliches Gefühl. Ich weiß nicht, was ich mit ihr anfangen soll. Ich weiß nicht, wie ich sie einordnen soll.

»Möchtest du nicht, dass er glücklich ist?«, sage ich. Keine Ahnung, woher diese Worte kommen. Sie springen mir in die Kehle und sind raus, bevor ich sie aufhalten kann.

Er sieht aus, als würde er darüber nachdenken. Er sieht wirklich aus, als würde er es in Erwägung ziehen. Das Glück eines anderen Menschen. Geht es ihn etwas an? Bedeutet es etwas?

»Nein«, sagt er. »Nicht damit. Das gehört mir.«

»Verdammt, ich bin keine Eroberung.«

»Aber ich …«

»Das spielt keine Rolle. Es ist vorbei. Es spielt keine Rolle.«

»Sollte es aber«, sagt er, und man sieht, dass er es sofort bedauert.

Er sollte es auch sofort bedauern.

Er ist ein Kind, und er ist ein Arschloch, und ich könnte eine Million Sachen zu ihm sagen. Aber ich sage nichts.

Ich drehe mich um und gehe weg.

Erstickt und flehentlich sagt er meinen Namen, aber ich drehe mich nicht um. Ich sage: »Fahr mir nicht hinterher, Lyle«, und verlasse die alte Fabrik. Ich gehe an seinem Motorrad vorbei und setze mich in mein Auto. Mein Handy fällt unter den Sitz, aber ich bücke mich nicht, um es aufzuheben, denn es ist besser, wenn ich nicht drangehe. Wenn er mich anruft, möchte ich nicht drangehen.

Ich schaue an der Fassade der Fabrik hinauf, und eine Sekunde lang sehe ich ihn in einem der Fenster, aber dann ist er weg, er ist zurückgegangen, und irgendwo in meinem Kopf weiß ich, dass er mir folgen wird. Er liebt mich, aber ich liebe ihn nicht, und er denkt, er könnte mich umstimmen. Er denkt, man könnte jemanden zur Liebe überreden.

Ich fahre zu schnell. Ich will weg hier. Ich muss zurück zur Schule. Keine Ahnung, warum ich überhaupt hierhergekommen bin. Ich hätte nicht kommen sollen. Inzwischen sollte ich wissen, dass Lyle nicht mehr Lyle ist. Er ist nicht mein Freund. Er ist etwas anderes. Wenn sich jemand so in dich verliebt, dann ist er nicht mehr dein Freund. Deine Freundschaft kümmert ihn nicht mehr, sondern nur noch sein Wunsch, dass du seine Liebe erwiderst.

Ich bin auf der Water Street, als ich spüre, wie ich davongleite. Wie ich mich zurückziehe, verschwinde.

Ich schaue in den Rückspiegel. Da bin ich. Ich sehe aus wie Molly. Ich bin Molly. Mein Name ist Molly. Mollys Familie ist meine Familie. Mollys Leben ist mein Leben. Mollys Fehler sind meine Fehler.

Nur muss sie nicht mit ihnen leben.

Ich schon.

SECHS

Sayer findet mich auf einer Bank vor der Trauerhalle. Es ist kalt. Mir ist kalt. Mir klappern die Zähne und er muss mich hochziehen. Meine Beine sind steif. Er verspricht mir, dass es drinnen Kaffee gibt. Es ist nicht der beste Kaffee, sagt er, aber er ist heiß. Komm einfach rein. Wir sind fast fertig. Wir müssen nicht mit zum Begräbnis. Ich bringe dich nach Hause. Du kannst früh schlafen gehen. Bist du müde? Du siehst müde aus. Komm einfach mit und trink eine Tasse Kaffee, und dann bringe ich dich heim.

Er führt mich in einen kleinen Raum, in dem es keine toten Menschen und keine geschlossenen Särge gibt. Er holt mir eine Tasse Kaffee und verschwindet dann irgendwohin.

Die Wirkung des Kaffees setzt fast sofort ein. Ich spüre, wie das Leben in meine Adern zurückkehrt, wie das Blut schneller fließt und mein Herz dankbar schlägt. Meine Finger tauen langsam auf. Bisher war der Oktober warm gewesen. Wann ist es so kalt geworden?

Ich trinke aus, dann stehe ich auf, strecke mich und suche einen Abfalleimer. Er ist bis zur Hälfte gefüllt mit einer Sorte von Pappbechern. Die letzten Tropfen des cremigen, bitteren Kaffees. Ich werfe meinen Becher zu den anderen und schaue zu, wie er seinen Platz findet. Was ich draußen gesehen, woran ich mich erinnert habe oder was ich mir erträumt oder was ich erfunden habe, lechzt danach, bedacht zu werden. Es ist direkt hier in meinen Venen, und es krabbelt unter meiner Haut und sucht nach einem Weg, an die Oberfläche zu gelangen. Aber ich will das nicht. Ich meine, ich will nicht darüber nachdenken. Nicht jetzt, denn ich weiß nicht, was es bedeutet, und ich weiß nicht, ob es die Wahrheit ist. Ich weiß gar nichts. Ich habe das Gefühl, als wüsste ich überhaupt nichts mehr. Ich habe das Gefühl, als würde ich verrückt werden.

Als Sayer zurückkommt, legt er mir die Hand auf die Hüfte, aber dann zieht er sie gleich wieder zurück, und ich denke, dass ich seine Hand jedes Mal, wenn er sie von mir zurückzieht, nehmen will, um sie wieder hinzulegen. Er ist jetzt so weit und könnte mich heimbringen, aber ich möchte nicht heim. Ich möchte nicht, dass Lyle ohne mich in die Erde gelegt wird, denn er war mein Freund. Ich kannte ihn. Irgendwie kannte ich ihn. Ich habe ihn geliebt. Ich habe ihn geliebt wie meinen besten Freund, aber das war ihm nicht genug. Doch das ist nicht meine Schuld. Man kann nicht beschließen, wie sehr man jemanden liebt. Es passiert einfach. Wenn man darüber nachdenken muss, dann ist es nicht wirklich echt.

»Ich möchte mit auf den Friedhof.«

»Du musst nicht«, sagt er.

»War er mein Freund, Sayer? Kannst du mir sagen, ob er mein Freund war?«

Langes Schweigen breitet sich über uns aus, und obwohl ich so verwirrt bin, obwohl ich so viel Angst habe und obwohl mein Körper vor Nervosität summt, fühle ich mich wohl, solange Sayer mich anschaut. Solange sich sein Atem um meinen Körper legt, solange seine Kraft mich hält und sein Schweigen mich zudeckt, fühle ich mich wohl. Ich weiß nicht, warum ich mich wohlfühle, aber ich fühle mich wohl.

»Er war dein Freund«, sagt er endlich.

»Aber warum kann ich mich dann nicht an ihn erinnern?«

»Vielleicht fängst du gerade an, dich zu erinnern.«

»Und du?«

»Ich?«

»Kenne ich dich auch?«

Er lächelt. Keine Ahnung, was das für ein Lächeln ist. Es ist kein glückliches Lächeln und auch kein verständnisvolles. Eher wie eine Grimasse.

»Nein. Wir sind uns niemals begegnet«, sagt er.

Und ich weiß nicht, ob ich ihm glaube, aber was soll ich sagen? Ich kann nichts sagen. Ich erinnere mich nicht.

Auf dem Friedhof sind nur Sayer und ich und die Sargträger, die aus der Trauerhalle gekommen sind und Lyles Körper in die Erde hinabsenken. Wir gehen hinter dem Sarg her, den sie langsam zwischen den Gräbern hindurchschieben. Der Tag ist noch kälter geworden und mein Atem bildet graue Wölkchen. Sayer geht ein oder zwei Schritte entfernt von mir zu meiner Linken. Irgendwie habe ich das Gefühl, dass dem eine Absicht zugrunde liegt. Die Absicht, Abstand zu mir zu wahren vielleicht, oder die Absicht, sich wenigstens jedes Zentimeters zwischen uns bewusst zu sein.

Das ist meine fünfte Trauerfeier, meine fünfte Beerdigung. Als meine Großeltern starben, war ich traurig, aber es war eine unvermeidliche Trauer, ein zwangsläufiger Schmerz. Ich ging zwischen den Gräbern hindurch wie zwischen diesen Gräbern. Alle Friedhöfe sehen gleich aus. Ich klammerte mich an das Kleid meiner Mutter, als sie ihre Mutter in die Erde hinabsenkten, aber nur, weil meine Mutter weinte, und ich ihre Trauer als eine Erweiterung meiner eigenen Trauer spürte. Ihr Verlust war für mich spürbarer als mein eigener. Als ihr Vater starb, war es dasselbe, aber als meine Großeltern väterlicherseits innerhalb einer Woche in die Erde hinabgelassen wurden, stand ich hinter meinen Eltern und war erschrocken über den Schmerz meines Vaters. Ich hatte ihn noch nie weinen sehen. Aber als sein Vater starb, dachte ich, er würde nie wieder aufhören. Ich dachte, wenn diese Schleusen einmal offen waren, würden sie sich nie wieder schließen. Sie könnten sich nie wieder schließen. Wie sollte das gehen, wenn er so traurig war? Wenn seine Augen so rot waren und seine Kehle so zugeschnürt?

Bei Lyle ist das anders. Aber es ist verwirrend. Es ergibt keinen Sinn. Es ist vage und unvollständig. Ich habe immer noch keine Ahnung, was ich gesehen habe, was diese Erinnerungen bedeuten und ob sie echt sind oder komplett erfunden oder eine Mischung aus Wahrheit und Lügen. Aber eines ist mir jetzt wenigstens klar. Ich kannte Lyle. Irgendwie kannte ich ihn. Ich weiß, dass ich ihn geliebt habe, aber ich weiß auch, dass sich zumindest ein Teil von mir über ihn geärgert hat. Keine Ahnung, woher dieser Ärger kommt, aber ich kann nicht leugnen, dass ich ihn auch jetzt empfinde. Ich kann nicht leugnen, dass er an die Oberfläche gestiegen ist und nach einer Erklärung verlangt.

Aber ich habe das Gefühl, ich sollte am Boden zerstört sein. Oder ich bin am Boden zerstört, finde aber einfach nicht heraus, warum. Doch das Gefühl zumindest ist da. Und als wir an seinem Grab stehen, wo dieses große leere Loch ist, in das sie seinen Sarg hinablassen werden, weine ich. Ich schluchze und ich gleite davon.

Mir fehlt nur eine kurze Zeitspanne. Fünfzehn, zwanzig Minuten. Das Loch ist schon halb mit Erde angefüllt und ich kann nichts mehr von Lyles Sarg erkennen. Sayer schaut mich besorgt an. Oder erwartungsvoll. Oder beunruhigt. Keine Ahnung. Ich hoffe, ich habe nichts getan, was mich verraten könnte, oder etwas Merkwürdiges gesagt oder mit leeren Augen in den Himmel gestarrt, während Sayer vielleicht versuchte, mit mir zu reden, aber keine Antwort bekam. Doch wenn ich meine ganze Familie täuschen kann, meine besten Freunde, dann kann ich auch einen Fremden täuschen.

»Kopfschmerzen«, murmele ich und drücke mir die Finger an die Schläfen. Das könnte wenigstens meine äußerliche Seltsamkeit erklären, und es hat den eindeutigen Vorteil, dass es die Wahrheit ist. Ich spüre, wie sich das dumpfe Pochen von unten in meiner Kehle langsam nach oben vorarbeitet. Ich habe einen metallischen Geschmack im Mund und meine Zunge ist glitschig. Irgendwann habe ich mir wohl draufgebissen. Ich weine immer noch. Dicke Tränen laufen mir über die Wangen.

Das ist nicht fair. Lyle war nicht mein Bruder, er war Sayers Bruder, aber ich reiße seine ganze Trauer an mich. Ich trete einen Schritt zurück, einen echten Schritt. Nach einigen weiteren Minuten haben die Sargträger das Loch zugeschaufelt und gehen, ohne ein Wort zu sagen. Ich weiß sowieso nicht, was sie hätten sagen sollen, aber sie sind weg, und Sayer und ich sind allein. Sayer ist vor dem Grab auf die Knie gesunken.

Ich lasse ihn dort mit bebenden Schultern und betrachte eingehend meine Handrücken, damit ich nicht wieder davongleite. Mein Nagellack splittert ab und ich konzentriere mich auf die Farbe, auf den abgebrochenen Nagel an meinem linken Zeigefinger. Manchmal funktioniert das. Wenn ich spüre, wie es kommt und an den Rändern meines Bewusstseins zerrt, kann ich es unterdrücken. Dann gebe ich meinem Geist etwas zu tun, beschäftige mich. Bleibe hier.

Aber sogar während ich ganz still dastehe, während ich zusehe, wie Sayer trauert, erinnere ich mich.

Die Fahrt zu der Fabrik. Die Nachricht von Lyle, mit der er mich bittet, ihn zu treffen. Meine Antwort: *Ich bin in der Schule.* Seine Antwort: *Es ist wichtig.*

Aber ist bei Lyle nicht alles wichtig? Oder – war nicht alles wichtig?

Das war Teil seines Charmes und auch der Grund, warum ich fast dauernd sauer auf ihn war. Alles war immer so wichtig. Jeder Gedanke, der ihm einfiel, jedes Gefühl, das er hatte, hatte Vorrang vor allem, was jemand anders vielleicht fühlte. Natürlich hatte er Platz für Mitgefühl, für Verständnis, aber im Grunde dachte er immer zuerst an sich selbst. Er hatte immer Schwierigkeiten, mit anderen Menschen auszukommen, denn es lag in seiner Natur, sie sich vom Leib zu halten. Sie abzulehnen.

Deshalb konnte er nicht verstehen, warum ich ihn nicht geliebt habe.

Er war so daran gewöhnt.

So attraktiv und so düster und so interessant wie er war, glaube ich wirklich, dass ich das erste Mädchen war, das ihn nur als guten Freund wollte. Er war für mich wie ein Bruder, meine adoptierte Familie. Mehr wollte ich nie. Ich bin gar nicht auf den Gedanken gekommen. Das wäre zu einfach, zu vorhersehbar. Er hat mir mehr bedeutet als das.

Daran erinnere ich mich jetzt.

Ich trete einen Schritt vor und lege die Hand auf Sayers Schulter. Er hat aufgehört zu weinen und schüttelt ein paarmal den Kopf, als hätte er keine Ahnung, was er jetzt tun soll. Ich frage mich, was mit seinen Eltern passiert ist, warum niemand aus seiner Familie zur Beerdigung gekommen ist. Ich frage mich, warum Fremde Lyles Sarg getragen haben. Ich frage mich, warum Sayer nicht geholfen hat, seinen Bruder in die Erde hinabzulassen. Und ich frage mich, wie nahe sie sich wirklich gestanden haben. Ich spüre eine Spannung zwischen ihnen, aber die hat sich im Tod sicher aufgelöst. Auch geschwisterliche Rivalität hat ihre Grenzen.

Sayers Schulter ist warm. Ich spreize die Finger und er hebt den Arm und legt seine Hand auf meine.

»Jetzt sind alle tot«, sagt er.

Dazu kann man natürlich nichts sagen, deshalb drücke ich seine Schulter, und er drückt im Gegenzug meine Hand, und ich frage mich, wie wahr das ist. Hat er jetzt niemanden mehr? Keine Cousins? Keine Großeltern? Was ist mit den Leuten, die in der Trauerhalle neben ihm saßen? Wie nahe steht er ihnen? Wird er jetzt bei ihnen wohnen? Ich weiß nicht einmal, wie alt Sayer ist. Vielleicht hat er die Highschool schon abgeschlossen. Er sieht aus, als könnte er alt genug sein. Vielleicht lebt er schon allein. Vielleicht hat er mit Lyle zusammengewohnt. Ist er vielleicht Lyles Vormund gewesen? War er alt genug? Würde Lyles Tod Folgen haben, die weit über die übliche Trauer hinausreichen? War Sayer jetzt frei? Hatte Lyle ihn immer von einem normalen Leben abgehalten?

Vielleicht übertreibe ich.

Wenn ich unsicher bin, übertreibe ich.

Sayer steht auf. Er sieht Lyle so ähnlich, aber er ist ganz anders. Sie sind in jeder Hinsicht verschieden. Sayer hat gesagt, wir seien uns nie zuvor begegnet, aber sogar in der kurzen Zeit, in der ich ihn kenne, weiß ich, dass er anders ist als die einzige Erinnerung, die ich an Lyle habe. Seine Augen sind freundlicher. Sie sind nicht so hart und anklagend, haben ein dunkles Grün. Seine Haut ist nicht ganz so bleich. Seine

Haare sind kürzer. Er ist größer. Nicht so schlaksig. Wärmer.

Von Lyle wurde man immer auf Abstand gehalten. Man musste sich durch Dreck und Schlamm und Äste und Steine durcharbeiten, um näher zu kommen, Sayer dagegen ist man so nahe, wie man es aushält. Man ist auf ihm und in ihm drin. Er legt sich um einen herum und benutzt einen als Kern. Man wird seine Mitte. Man wird ein Teil von ihm, und er gibt einem das Gefühl, der bessere Teil zu sein. Ich habe das Gefühl, der bessere Teil von ihm zu sein, und ich glaube nicht, dass ich jemals das Gefühl hatte, von irgendwas der bessere Teil zu sein. Aber so ist er einfach. Für ihn kommen die Menschen immer zuerst. Er schiebt einen nach vorn, wenn er muss, aber er lässt einen nie im Dunkeln verschwinden.

»Ich bring dich heim«, sagt er.

Er fährt mich nach Hause.

Die ganze Fahrt über schaue ich aus dem Fenster, versuche die Stirn nicht zu sehr zu runzeln, versuche mich davon zu überzeugen, dass das in Ordnung ist, dass es mir gut geht, dass es für mich jetzt Zeit ist, nach Hause zu fahren. Sayer scheint ebenso bedacht darauf, nichts zu sagen. Bei all dem Schweigen könnten wir auch in zwei getrennten Autos sitzen. Einmal oder zweimal schnieft er oder räuspert sich und ich schaue rasch zu ihm hinüber. Die Tränen scheinen nie mehr zu versiegen. Ich frage mich, wie lange er traurig sein wird. Ich frage mich, ob seine Trauer für immer anhalten und sich ausdehnen wird wie ein Ozean, der alle verschlingt, die ihm etwas bedeuten, und alle, die er nicht einmal kennt. Er wird ihn nicht beherrschen können. Ozeane schwellen an und schwellen ab, wie sie wollen. Sie bedecken alles. Sie machen alles blau.

Vor unserem Haus parkt er auf der Straße und steigt aus. Ich weiß, dass ich warten muss, bis er auf meine Seite kommt und die Tür für mich öffnet. Und als er das tut, nehme ich seine Hand und werfe mich förmlich in seine Arme, und dann fällt mir ein, dass er mir eigentlich alles erklären sollte. Er sollte mir erzählen, woher ich seinen Bruder kenne, warum ich mich an nichts erinnere, warum Lyle versucht hat, mich einzuholen.

Es ist, als könnte er meine Gedanken lesen. Er löst sich von mir und sagt: »Ich möchte dich wiedersehen.«

»Dienstag?«, sage ich. »Oder Mittwoch?«

An jedem Tag. An allen Tagen. Heute, morgen.

»Dienstag, gern«, sagt er. »Ich ruf dich an.«

»Alles in Ordnung mit dir? Ich meine, kommst du klar?«

»Ich komme klar«, sagt er. »Mein Bruder und ich standen uns nicht sehr nahe.«

»Aber er war dein Bruder.«

»Ja, er war mein Bruder. Aber er war nicht gerade ein einfacher Mensch.«

»Habe ich das gewusst?«, frage ich. Ich wünschte, ich hätte es nicht gesagt, aber manchmal kann ich mich nicht beherrschen.

»Ja, das hast du gewusst«, sagt er.

Er legt mir eine Hand ans Gesicht, kommt näher und küsst mich auf die Stirn. Ich denke: Warum stehe ich noch? Meine Beine haben doch sicher nachgegeben, meine Muskeln sind verkümmert, vertrocknet und verschwunden. Und Menschen ohne Muskeln können nicht stehen. Sie sinken auf das Pflaster. Sie brechen zusammen und liegen hilflos im Gras.

»Ich ruf dich an.«

Er umrundet wieder das Auto, steigt an der Fahrerseite ein, und ich sehe zu, wie er wegfährt. Mir ist schlecht. Als müsste ich mich übergeben. Als ich mich zum Haus umdrehe, bewegt sich etwas am Wohnzimmerfenster. Ein Vorhang fällt wieder zu. Toll, denke ich, jetzt fragen sie mich aus. War das der Bruder? Wie war die Beerdigung? Warum hat er dich auf die Stirn geküsst, und warum siehst du aus, als müsstest du dich gleich übergeben?

Aber drinnen sagt niemand was. Ich gehe hoch in mein Zimmer und lege mich aufs Bett und an der Decke meines Zimmers sehe ich nur Lyles Gesicht. Lyles Gesicht auf der Innenseite meiner Augenlider.

Lyle, der tot ist.

Lyle, der eine Whiskyflasche an die Wand wirft.

Sayer, der mich heimbringt.

Sayer, der mich auf die Stirn küsst.

Und ich habe keine Ahnung, wohin ich das alles stecken soll, also lasse ich es herumwirbeln, bis ich einschlafe. Ich schlafe ein und ich träume von grünen Augen. Von Grabsteinen. Von einer Hand auf jemandes Schulter und meiner brennend heißen Stirn.

SIEBEN

Ich kann die Begegnung mit meinen Freunden nicht länger aufschieben, deshalb willige ich ein, mich am nächsten Tag mit Luka und Erie zum Lunch zu treffen.

Eigentlich will ich nicht hingehen. Am Morgen muss ich mich zwingen aufzustehen, und während ich dusche, legt Hazel mir meine Kleider aufs Bett. Das macht sie manchmal. Wenn sie älter ist, möchte sie Designerin werden. Mich hält sie eigentlich für einen hoffnungslosen Fall, aber es gelingt ihr immer, mich halbwegs salonfähig zu machen. Ich ziehe mich rasch an und föhne mich, solange ich es aushalte (es ist zu heiß, zu langweilig, meine Haare sind zu lang), dann tusche ich mir rasch die Wimpern und bin zur Tür hinaus, bevor jemand fragen kann, wohin ich gehe. Aber auf der Kühlerhaube meines Autos hockt Hazel. Sie trägt einen riesigen, übergroßen Pullover und liest ein Buch.

»Soll ich dich irgendwohin bringen?« Ich stehe vor ihr. Meine Schwester sieht hinreißend aus mit ihrem Pixie-

Schnitt und ihren schwarzen Samtleggins und den klobigen Schnürstiefeln. Auch in einen Teppich gewickelt würde sie noch angezogen aussehen. Sie trägt sogar Lippenstift, ein blasses Pink, ihre Lieblingsfarbe. Einmal hat sie mich dazu gebracht, ihn auszuprobieren, aber ich habe wie ein Clown ausgesehen. Das musste sogar sie zugeben.

»Ich bin auf dem Heimweg«, antwortet sie. Sie klopft neben sich auf den Kühler, aber ich bin nicht sicher, ob er uns beide aushält, deshalb gehe ich einfach einen Schritt näher. Sie legt den Zeigefinger zwischen die Seiten, wo sie gerade ist, und lässt das Buch sinken. Dann schiebt sie sich die Sonnenbrille in die Haare: »Du siehst hübsch aus.«

»Dank dir.«

Sie zuckt die Achseln. Da ist noch etwas hinter diesem Achselzucken. Aber ich weiß nicht, was.

»Was hast du vor?«, fragt sie.

»Lunch mit Luka und Erie.«

»Oh, wie schön.«

»Absolut. Und du?«

»Ich lese«, sagt sie und hebt das Buch. »Für die Schule. Später bin ich im Laden.«

»Ja, ich bin dann auch da. Kassendienst.«

»Ich muss auffüllen.«

»Und Clancy?« Ihn habe ich heute Morgen noch gar nicht gesehen.

»Schläft«, sagt sie.

Er ist der Einzige, der länger schlafen kann als ich.

»Bist du sicher, dass ich dich nicht irgendwohin bringen

soll?« Ich habe langsam das Gefühl, dass sie mir etwas sagen möchte, aber sie lässt sich wirklich Zeit, was immer es ist.

»Ich hab dich gestern zusammen mit diesem Jungen gesehen.« Sie rutscht von der Kühlerhaube herunter und streckt nacheinander ihre Beine.

Der geheimnisvolle Vorhangbeweger.

»Der Bruder«, sage ich. »Von dem Jungen, der gestorben ist.«

»Habe ich mir fast gedacht«, sagt sie. »Wie war die Beerdigung?«

»Gut«, sage ich. »Traurig.«

Ich habe keine Ahnung – wie sind Beerdigungen? Was sagt man über sie? Dass die Blumen schön waren? Dass der Sarg zu war? Dass alle geweint haben und dass ich mich daran erinnert habe, dass ich ihn irgendwie kannte? Dass wir Freunde waren und dass ich mit ihm zusammen in einer alten Fabrik war, bevor er starb?

»Seht ihr euch wieder?«, will sie wissen.

»Ob wir uns …«

»Ich dachte bloß.«

»Ja, klar. Wahrscheinlich schon.«

»Glaubst du, das ist eine gute Idee?«

Darüber habe ich vermutlich nicht nachgedacht.

Ist es eine schlechte Idee?

Ich will Antworten. Und er sagte, er hätte sie.

»Ich glaube, sie ist okay.«

Damit begnüge ich mich.

»Klar«, sagt sie.

Die Art und Weise, wie sie *klar* sagt. Als ob sie mehr sagen wollte. Aber diesmal tut sie es nicht, das weiß ich. Sie ist zu nachdenklich. Ihre Miene ist zu starr. Sie hat sich entschieden.

»Was soll das heißen?«, frage ich.

»Es heißt ›klar‹«, sagt sie lächelnd und duckt sich weg, bevor ich noch etwas sagen oder den Arm ausstrecken kann, um sie festzuhalten. »Okay. Alles klar. Klingt gut.«

»Hazel«, sage ich. Sie bleibt auf den Stufen stehen, die am Haus entlang zur Eingangstür führen.

»Ja, Molly.« Sie dreht sich um und lässt ihre Brille auf die Nase rutschen.

»Weißt du etwas, was ich nicht weiß?«

Einen Augenblick lang zögert sie, öffnet den Mund, um zu antworten, und legt dann den Kopf schief, als hätte sie ihre Worte auf halber Strecke vergessen. Schließlich lächelt sie.

»Und was ist mit dir, Molly? Weißt du etwas, was ich nicht weiß?«

Patt. Hängepartie.

Ihr Lächeln wird breiter.

Dann dreht sie sich um und hüpft die Treppen hinauf. Wie eine Fee. Oder eine Elfe.

Ich treffe Luka und Erie auf dem Parkplatz von Sal's, einem Imbiss bei uns in der Stadt – im Grunde der einzige Ort in der ganzen Stadt, der nicht von Touristen bevölkert ist. Er ist abgelegen. Zufällig landet man hier nicht.

Kaum bin ich ausgestiegen, ergreift Erie meine Hand und zieht mich in den Imbiss, als würde sie sterben, wenn sie nicht auf der Stelle etwas zu essen bekommt. Wie gesagt: Sie hat den Stoffwechsel eines Kolibris. Oder sonst eines Lebewesens, das ebenso klein und quirlig ist.

Luka schlurft hinter uns her. Ich schwinge den Arm nach hinten, um ihn ein bisschen zu knuffen, treffe aber ins Leere.

»Sie hat mir alles erzählt«, sagt er, als wir uns an einen Tisch ganz hinten setzen.

»Hab gedacht, das ist in Ordnung für dich«, erklärt Erie und macht keine Anstalten, sich zu entschuldigen. »Wie war die Beerdigung?«

Ich weiß immer noch nicht so richtig, wie ich diese Frage beantworten soll. Ich zucke mit den Achseln. Warum erkundigen sich Leute nach Beerdigungen? Und was soll man über eine Beerdigung sagen?

Ich entscheide mich für: »Gut. Sie war gut.«

»Wie ist der Bruder?«, fragt Erie weiter.

»Auch irgendwie gut.« Und da ich sehe, dass meine Freunde mit meinem lustlosen Bericht vom Ablauf überhaupt nicht zufrieden sind, füge ich hinzu: »Er ist traurig. Ich meine, klar. Er war einfach richtig traurig. Und es war … ich meine, es war kaum jemand da. Oder … es war schon jemand da, aber irgendwie haben sie wohl … irgendwie haben sie wohl nicht so viel Familie. Glaube ich wenigstens.«

Erie macht hinten in ihrer Kehle ein verständnisvolles Geräusch, und Luka fühlt sich offensichtlich unbehaglich, aber dann kommt die Bedienung, und wir bestellen unser Essen. Allmählich füllt Erie die Leere mit Geplauder über ihr Wochenende, über ihren merkwürdigen neuen Dichterfreund

und über ihren Widerwillen dagegen, den Englisch-Essay für Mr Stone fertig zu schreiben. Luka ignoriert konsequent meine wiederholten Versuche, Blickkontakt zu ihm aufzunehmen, während er sich über sein überbackenes Käse-Tomaten-Sandwich hermacht. Er kann mit so was nicht umgehen. Als der Letzte meiner Großeltern starb, ging er mir zwei Wochen lang aus dem Weg. Schließlich folgte ich ihm in die Jungentoilette und ließ ihn erst aus der Kabine raus, als er mich zur Kenntnis nahm.

Ich schiebe meinen Salat auf dem Teller herum, bis ich merke, dass es still ist und Erie mich anschaut, als müsste ich jetzt etwas sagen. Ich versuche zu reagieren, atme aber falsch ein und verschlucke mich an einer Cherrytomate, die mir die nächsten zwanzig Sekunden die Sauerstoffzufuhr verstopft, sodass ich wie eine Irre huste. Blinzelnd halte ich die Tränen zurück, wische mir mit einer Serviette das Gesicht ab und nehme vorsichtig einen Schluck Wasser.

»Also wirklich, Molly.« Erie verdreht die Augen.

»Ich hab nicht gehört, was du gesagt hast.«

»Ich hab gefragt, ob du ihn wiedersiehst.«

»Ihn wiedersehe? Wen wiedersehe?«, sage ich zu schnell. Es klingt unbeholfen, und ich spüre, wie mein Gesicht heiß wird. Erie verdreht wieder die Augen. Sie ist ziemlich gut darin. Viel Übung.

»Wie heißt er noch mal?«, fragte Luka.

»Sayer«, sagt Erie.

»Ach den«, sage ich. Aber das klingt auch falsch. Eigentlich sollte es leicht dahingesagt klingen.

»Komischer Name«, meint Luka.

»Du hast einen komischen Namen«, sagt Erie.

»Nein, du«, sagt Luka und flüstert etwas, was wie *Moon* klingt. Erie stößt ihn mit der Schulter an.

»Also, siehst du ihn wieder?« Sie wendet ihre Aufmerksamkeit wieder mir zu.

»Vielleicht. Ich meine, keine Ahnung. Ich meine, vielleicht.«

»Na, damit ist ja alles klar«, sagt Luka.

»Ich denke, wahrscheinlich ja«, sage ich. »Ich meine, wahrscheinlich. Er hat gesagt, wir sollten uns wiedersehen.«

Ein kleiner Schauder durchfährt mich, als ich die Worte laut ausspreche. Sayer will mich wiedersehen.

Erie trinkt einen Schluck Wasser, und beide warten darauf, dass ich weiterrede.

»Ich hab Ja gesagt.«

Erie lächelt und lässt die Schultern nach unten fallen, als sie sich über den Tisch zu mir beugt. »Endlich.«

»Was meinst du mit endlich?«

»Ich meine, ich hab schon gedacht, wir müssten ewig hier sitzen, bis du zugibst, dass du diesen Typen wiedersiehst.«

»Wirklich reizend, wie du mich unterstützt«, sage ich.

»Ich glaube nicht, dass sie das so gemeint hat«, sagt Luka zu Erie.

»Nein, wirklich, ich bin froh, dass du dich mit Sayer gut verstehst«, fährt Erie fort. »Das ist bestimmt eine schwere Zeit für ihn, und er kann froh sein, dass er dich hat.«

»Ja, klar«, sage ich. »Ich glaub, er ist nett.«

»Natürlich ist er nett«, entgegnet Erie. »Warum sollte er nicht nett sein?«

»Wann trefft ihr euch?«, fragt Luka.

»Am Dienstag.«

»Und was macht ihr?«, will Erie wissen.

»Keine Ahnung. Er ruft mich an.«

»Klasse«, sagt Luka. »Super.«

»Was soll das nun wieder heißen?«, frage ich ihn.

»Einfach so. Klasse. Dann habt ihr jetzt beide einen Freund.«

»Oh Gott, nein, nicht so«, sage ich rasch. Erie strahlt und starrt ins Nichts. Wahrscheinlich plant sie schon unsere Doppelhochzeit. »Erie«, sage ich. Sie schaut mich erstaunt an. »Nein. Stopp. Nein.«

Sie zuckt die Achseln. »Möglich wär's.«

Luka atmet geräuschvoll aus und schiebt seinen Teller weg. »Ich brauche jetzt eine Freundin. Ich muss ein paar Leute anrufen. Molly, du datest doch sonst nie jemanden. Du setzt mich ganz schön unter Druck.«

»Was heißt hier, ich date nie jemanden.«

»Letzter Freund: Will Bonnet. Sechste Klasse«, deklamiert Erie.

»Das war nicht mein letzter ...«

»Nö, Alan zählt nicht.«

»Sein Nachname war Bonnet? Wie dieser Mützenhut?« Luka formt mit den Händen eine Kopfbedeckung.

»Alan zählt schon«, widerspreche ich schwach.

»Wie dieser Mützenhut?«, beharrt Luka.

»Das war nur eine Woche. Alan zählt nicht.«

»Es ist Französisch, Luka. Wie *bonnee.*«

»Echt?«, fragt Erie.

»Das hat er jedenfalls gesagt«, sage ich achselzuckend.

»Wie auch immer. Er zählt. Alan zählt nicht. Keine Sorge, Luka, wir drei sitzen trotzdem in der Mittagspause wie bisher an einem Tisch.« Erie legt die Hand auf Lukas Arm. Er zuckt mit den Schultern.

»Ihr greift ganz schön vor«, sage ich.

»Du findest ihn süß«, sagt Erie. »Und er will dich wiedersehen.«

»Findest du das nicht ein bisschen merkwürdig?«, fragt Luka. »Ich meine, du warst doch die Letzte, die seinen Bruder gesehen hat, oder?«

Lyle Averys Gesicht taucht vor meinen Augen auf. Aber es ist nicht sein Gesicht aus der Fabrik. Das ist was anderes.

»Er scheint nett zu sein«, sagt Erie. »Das ist gar nicht merkwürdig.«

»Ich meine, ich sage doch nicht, dass sie nicht gehen soll. Ich sage nur, dass es ein bisschen merkwürdig ist.«

»Es ist nicht merkwürdig. Es ist süß. Ich finde es süß.«

Ich blinzele und Lyles Gesicht ist weg. Erie und Luka sind total vertieft darin, das Für und Wider abzuwägen, ob ein Wiedersehen mit Sayer gruselig ist oder gut, und mir ist auf einmal übel, richtig schlecht.

»Hey«, sage ich, aber es kommt nicht laut genug raus, und die beiden hören mich nicht. Eries Hand liegt wieder auf Lukas Arm, und sie versucht, ihn von etwas zu überzeugen. Ich verstehe sie nicht, denn mir klingeln die Ohren, und ich habe einen bitteren Geschmack hinten im Hals. Ich warte, bis sie fertig sind mit Reden, und sage es dann noch einmal, lauter: »Hey!« Diesmal hört Luka mich und legt Erie die Hand auf den Mund, um sie zum Schweigen zu bringen, aber sie schiebt sie lachend weg.

»Was?«, sagt sie. »Was ist los?«

»Ich muss gehen.« Ich wühle in meiner Tasche und finde einen Zehndollarschein, mit dem ich herumwedele, bis Luka ihn nimmt.

»Was ist los?«

»Nichts. Ich hab nur ... Ich hab den Laden vergessen. Ich hab meinem Dad gesagt, dass ich vorbeikomme. Große Lieferung. Viele Bücher, ihr wisst schon. Wegräumen. Katalog.«

»Normalerweise gehst du aber später«, sagt Luka.

»Tut mir leid. Ich hab gesagt, dass ich gleich da bin. Ich hab's vergessen.«

»Bist du sicher? Du bist gerade erst gekommen«, sagt Erie.

»Ich bin sicher. Tut mir leid. Ich melde mich.«

Ich springe auf, schnappe meine Tasche und versuche, nicht zur Tür zu rennen.

Kaum bin ich in meinem Auto, wird alles vor meinen Augen leuchtend weiß, das Blut rauscht mir in den Ohren, und ich bin nicht mehr in meinem Auto.

Ich lehne an einer riesigen Eiche am Rand des städtischen Friedhofs. Der Friedhof liegt an der Küste; ich schmecke Salz auf der Zunge. Wenn man in Manchester lebt, gewöhnt man sich so sehr daran, dass man es gar nicht mehr bemerkt. Nach einem Sturm ist der Geschmack besonders intensiv.

Wir haben also vor Kurzem einen Sturm gehabt.

Der Himmel ist immer noch grau.

Ich lese in einem Buch und habe einen Mantel an. Jeans und Turnschuhe.

Ich warte auf jemanden, und als er kommt, lächele ich. Das Lächeln ist echt. Er setzt sich neben mich und legt mir den Arm um die Schultern. Ich lehne meinen Kopf an seinen Arm.

»Hat ganz schön gedauert«, sage ich.

Sagte ich.

Das war natürlich vorher.

Vor dem Unfall und vor dem Streit in der Fabrik.

Vor der Whiskyflasche und den Scherben.

Das ist das Letzte, woran ich mich nicht erinnere.

Ich bin hier, lehne an dieser Eiche. Lehne den Kopf an Lyles Arm.

Ich lehne mich immer an etwas an.

ACHT

Am nächsten Tag in der Schule bewege ich mich durch die Flure, als wären sie überschwemmt. Als müsste ich mich schwimmend fortbewegen, immer wieder auftauchen und Luft holen und mir den Weg durch Seetang bahnen, der mich nach unten zieht, mir die Luft abschnürt und mich erstickt. Meine Lungen brennen, weil das Atmen so anstrengend ist. Für Kiemen würde ich alles geben. An meinem Schließfach angekommen drücke ich die Stirn gegen die Tür, um mich am Metall abzukühlen. Erie und Luka halten Abstand, gehen gerade dicht genug neben mir her, dass man nicht sagen kann, sie würden mich meiden. Ich schätze ihren Takt. Aber ich schätze auch den Abstand.

Nach der Mittagspause sind meine Kopfschmerzen so schlimm, dass ich zur Krankenschwester gehe. Sie ist wie immer knausrig mit Schmerzmitteln und ich muss um zwei Ibuprofen betteln. Sie händigt sie mir mit offensichtlichem Missfallen aus. Aber das ist mir egal. Ich hab die Tabletten.

Dann tut sie etwas, was ich nicht erwarte. Sie schaut zu, wie ich die Tabletten nehme, bringt mir ein Glas Wasser und alles, und als ich fertig bin, legt sie die Hand an mein Gesicht. Nicht so, als würde sie meine Temperatur prüfen, sondern eher, als wollte sie einfach den Puls fühlen. Wärme. Das verräterische Anzeichen für Leben.

»Alles in Ordnung, Molly?«, fragt sie.

»Ja.« Mir geht's gut. Mir geht's gut. Mir geht's gut.

»Möchtest du jemanden anrufen?«

Ich darf das Telefon in ihrem Büro benutzen und Alex nimmt mit vollem Mund ab. Mittagszeit. Ich bin nicht in der Lage, meine Worte richtig zu artikulieren, aber nach ein paar Grunzlauten und tiefen Seufzern bringe ich ein gepresstes Hallo hervor.

»Molly? Bist du das?«

Ich höre, wie er schluckt und darauf wartet, dass ich ihm antworte.

»Ja, ich bin's.«

»Alles in Ordnung?«

Seit einem Jahr habe ich dauernd Sitzungen bei Alex – dreimal pro Woche in den ersten vier Monaten und jetzt immer mittwochs –, aber angerufen habe ich ihn nicht ein einziges Mal. Ich hatte mir seine Nummer gleich nach dem ersten Termin gemerkt und sie dann ein- oder zweimal gewählt, aber immer aufgelegt, bevor eine Verbindung zustande kam.

Nein.

Es ist nicht alles in Ordnung.

Eigentlich fällt mir absolut nichts ein, was die Bezeichnung »in Ordnung« verdienen würde.

Ich kann ihm nicht antworten. Ich drehe mich mit dem Rücken zu den Fenstern im Sanitätsraum, die eine ganze Wand einnehmen, und starre blicklos vor mich hin.

Lyle und ich sitzen unter einer Eiche.

Aber ich bin Lyle niemals zuvor begegnet, schreit mein Kopf.

»Molly?«

»Alex.« Sein Name bleibt mir im Hals stecken.

»Wann kannst du hier sein?«, fragt er.

Ich murmele etwas in den Hörer. Was, erinnere ich mich nicht. Ich vergesse alles, sobald es passiert. Ich sage etwas zu der Schwester, und sie lässt mich gehen, aber ich erinnere mich nicht, was ich zu ihr sage. Ich gehe zu meinem Schließfach, hole meinen Mantel und meine Schlüssel und habe den vagen Gedanken, dass ich nicht Auto fahren sollte. Ich sollte nicht Auto fahren, aber Clancy wird erst in ein paar Monaten sechzehn, und meinen Eltern kann ich das nicht erzählen. Was sollte ich ihnen sagen? Und von Erie oder Luka kann ich auch nicht verlangen, dass sie schwänzen.

Reiß dich zusammen, Molly. Du kannst zum Arzt fahren.

Draußen ist es sonnig, aber kalt. Ich gehe zum Auto und in der Luft draußen wird mein Kopf ein bisschen klarer. Das permanente Gefühl, zu ertrinken, ist nicht mehr so erdrückend. Eine Minute lang spiele ich mit der Vorstellung, dass Sayer wieder an mein Auto gelehnt dastehen könnte, diesmal ohne den Schirm, und ein Lächeln breitet sich langsam über sein Gesicht, wenn er mich sieht.

Aber natürlich steht da niemand.

Ich fahre langsamer als sonst und mit geöffneten Fenstern. Vom Fahrtwind auf meinem Gesicht habe ich rote Backen und atme keuchend, aber ich bin froh darum. Es hält mich hier. Es hält mich in der Gegenwart.

Bis zu Alex' Praxis ist es nicht weit. Er wartet vor der Tür auf mich. Damit habe ich nicht gerechnet. Ich erinnere mich, wie ich am Telefon wahrscheinlich geklungen habe, und ich bin sicher, dass ich ihn erschreckt habe. Ich habe schon eine ganze Weile nicht von Selbstmord gesprochen, aber das Thema war da. Deshalb bin ich ja überhaupt erst zu ihm gegangen, oder? Eine beiläufige Bemerkung zu Clancy, die Hazel zufällig mitbekommen und postwendend an meine Eltern weitergereicht hat. Und dann war ich da. Wurde kurzerhand in Alex' Praxis abgeladen. Er war überhaupt nicht wie die Therapeuten, die ich im Fernsehen gesehen oder mir vorgestellt hatte. Er hörte zu, wenn ich sprach, und wirkte so, als würde er sich tatsächlich dafür interessieren, was mit mir los ist. Er wurde eine Art Freund, oder? Eine feste Größe in meinem Leben. Jemand, den ich anrufen konnte, wenn sonst niemand da war. Wenn ich ihn gebeten hätte, mich an der Schule abzuholen, hätte er's getan, oder? Ich hatte nicht daran gedacht, aber er hätte es getan. Natürlich hätte er's getan.

Ich bin nicht aus dem Auto ausgestiegen und nach ein paar Minuten kommt er rüber und öffnet die Tür. Ich merke, dass ich weine. Ich verliere immer wieder winzige Teile meiner Erinnerung. Ich erinnere mich nicht daran, dass ich den Motor ausgestellt habe. Ich erinnere mich nicht daran, dass ich die

Hände vors Gesicht geschlagen habe. Mein Leben verläuft sprunghaft. Ich lebe nur abschnittsweise.

Ich muss es ihm erzählen, sonst hört es nie auf.

Vielleicht ist mir das endlich klar geworden.

Ich steige aus, ohne seine Hilfe anzunehmen, stolpere und falle fast auf ihn, lasse aber trotzdem nicht zu, dass er meinen Arm nimmt. Ich schniefe, bis ich nicht mehr weine, und gehe voraus. Mein Auto abzuschließen, nachzuschauen, ob ich meine Schlüssel genommen habe, und meine Handtasche überlasse ich ihm. Er schließt die Tür. Folgt mir.

In seinem Sprechzimmer lasse ich mich in den Sessel fallen und er setzt sich auf den Schreibtisch.

Der Rest der Erinnerung war nichts Besonderes. Lyle und ich blieben eine Weile unter der Eiche sitzen. Wir waren Freunde. Wir unterhielten uns, und ein paarmal herrschte fast so etwas wie eine erzwungene Ruhe, absichtlicher Frieden zwischen uns. Eine Spannung, die wir angestrengt zu umgehen suchten.

Aber dann sagte er etwas, und ich sagte etwas, und es gefiel ihm nicht, was ich sagte. Er stand auf und ging. Vielleicht fragte er mich etwas, aber ich höre nicht, was er mich fragte, und ich höre auch nicht, was ich geantwortet habe. Aber es gefiel ihm nicht. Was immer es war, meine Antwort gefiel ihm nicht. Er schaute mich ein paar Sekunden lang an, und ich schaute auf meine Hände hinunter, dann stand er auf und ging.

Nun, das würde einen Sinn ergeben.

Bei unserer nächsten Begegnung haben wir gestritten, oder? Er hat mir irgendwann mal gesagt, dass er mich liebt.

Ich habe ihm gesagt, dass ich ihn nicht so sehen kann. Das wenigstens war klar.

Alex wartet darauf, dass ich etwas sage. Ich schaue ihn an und da ist wieder dieser Gesichtsausdruck. Dieser Gesichtsausdruck, den ich in letzter Zeit in allen Gesichtern gesehen habe.

Als ob sie auf etwas warten.

Als ob sie darauf warten, dass ich etwas tue.

»Ich habe nicht alles erzählt.« Keine Ahnung, woher dieser plötzliche Wunsch kommt, Alex die Wahrheit zu sagen, aber es ist, als wäre ich zu dem genialen Schluss gelangt, dass er mir nur helfen kann, wenn ich ehrlich zu ihm bin. Ich habe so getan, als wäre alles in Ordnung. Ich war ein Idiot.

»Was hast du mir nicht erzählt?«

»Letztes Jahr. Als ich meinem Bruder gesagt habe, dass ich glaube, es wäre leichter. Für alle. Du weißt schon.«

Ich bringe es nicht über mich, es auszusprechen.

Mich umzubringen.

Meinem Leben ein Ende zu setzen.

Ins Meer hinauszugehen oder mir in der Badewanne die Handgelenke aufzuschlitzen.

»Als deine Schwierigkeiten angefangen haben«, schlägt Alex vor.

»Meine Schwierigkeiten, ja. Aber damals hat auch was anderes angefangen.«

Er hebt die Augenbrauen und senkt sie wieder. Sein ganzes Gesicht wird von diesem Ausdruck eingenommen. Ich weiß nicht, was dieser Ausdruck bedeuten soll, aber um gerecht zu sein, muss ich sagen, dass er ihn kaum besser verbirgt als alle anderen.

Kaum.

Er bewegt eine Hand. Weiter.

»Manchmal kann ich mich nicht erinnern«, sage ich. Meine Stimme ist vollkommen falsch. Zu ruhig. Zu steif. Die Worte sind hart und die Kanten sind scharf. Sie stoßen klickend gegen meine Zähne und mein Kopf schmerzt vom Widerhall des Lärms.

»Woran kannst du dich nicht erinnern?«

Es ist doch dumm, oder? Mich zu fragen, woran ich mich nicht erinnern kann. Aber es ist, als würde er es vielleicht wissen. Vielleicht weiß er, dass all die Erinnerungen, die ich verloren habe, jetzt langsam zu mir zurückkehren.

»Ganze Zeitabschnitte«, fange ich an. »Ich tue was und dann sind ein paar Stunden vergangen. Oder nur ein paar Minuten. Oder ein halber Tag. Es ist ... als würde ich irgendwo aufwachen. Und keine Ahnung haben, was ich getan habe. Wo ich gewesen bin.«

Ich bemühe mich, weiter ruhig zu atmen. Ich habe das nie zuvor laut ausgesprochen, und es fühlt sich an, als würde ich ein schreckliches, schmutziges Geheimnis ausplaudern.

Alex senkt den Blick.

Ich erwarte, dass er etwas sagt, aber er sagt nichts. Er schaut mich nicht einmal an.

»Alex?«

Er hebt den Blick ein bisschen, aber nicht den Kopf. »Ja, Molly?«

»Hast du gehört, was ich gesagt habe?«

»Ja.«

»Aber du sagst nichts. Du siehst eigentlich nicht einmal ... überrascht aus. Und dieser Junge, der gestorben ist, der meinen Namen kannte. Ich erinnere mich an ihn. Ich glaube, ich kannte ihn. Ich glaube, dass all die Zeit, die mir fehlt, etwas mit ihm zu tun hat.«

Wieder Schweigen. Alex steht auf. Geht hinüber zum Fenster. Schiebt die Vorhänge zur Seite und schaut zum Parkplatz hinaus.

Was zum Teufel ist sein Problem?

»Alex!«, sage ich, diesmal mit scharfer Stimme. Er dreht sich um. Schaut mich an. »Kannst du was sagen? Ich habe dir gerade etwas erzählt ... Ich meine, mir fehlen ganze Zeiträume, Alex. Seit einem Jahr. Blackouts. Minuten, Stunden ... einfach weg.«

Ich bin auf vieles vorbereitet. Auf Ungläubigkeit. Auf Zweifel. Auf Fragen. Auf Bedenken.

Aber ich bin nicht darauf vorbereitet, was jetzt aus Alex' Mund kommt.

»Molly«, sagt er. »Ich weiß.«

NEUN

Ich quieke.

Ich meine, ich quieke tatsächlich. Ich öffne den Mund, um etwas zu sagen, aber es kommt nur ein jämmerliches, mausartiges Atemgeräusch heraus. Ich schaue Alex an, als hätte er zwei Köpfe oder würde Feuer spucken. Oder als wären ihm Fangzähne gewachsen und er hätte gerade erklärt, dass es Vampire gibt, und hätte sich auf mich gestürzt, um mir die Drosselvene rauszureißen. Als ließe er mir tatsächlich meine Drosselvene vor der Nase baumeln. Wie das Pendel einer Uhr. Hin und her. Während mein Blut auf den Teppich tropft.

Jetzt weiß ich nicht mehr weiter, weil ich keine Ahnung habe, wie eine Drosselvene überhaupt aussieht. Ich habe sie mir immer wie eine Art Sprungfeder vorgestellt, aber das ist wahrscheinlich nicht richtig. Es handelt sich doch um eine Vene, oder? Eine ganz normale Vene.

Er geht vom Fenster weg.

»Pass auf, Molly«, fängt er an und ringt die Hände. Ist er nervös? Er sieht nervös aus. Ich bin verwirrt. Offenbar kann ich nicht mal mehr meinen Mund schließen. »Pass auf, Molly, wir sollten über vieles reden.«

»Wir sollten über vieles … reden. Über vieles sollten wir reden.« Ich wiederhole das wie ein Roboter, der meiner Ansicht nach deutlich über einem Nagetier steht.

»Dir fehlen ganze Zeitabschnitte. Du befindest dich an Orten und weißt nicht, wie du hingekommen bist.«

»Das habe ich gerade gesagt. Genau das.« Jetzt klingt meine Stimme hohl. Wie ein umgestürzter Baum, der hohl geworden ist. Eine ganze Waschbärenfamilie lebt in meiner Stimme.

»Du hast mir das schon einmal erzählt«, sagt er sanft. Er setzt sich wieder auf den Schreibtisch und schaut mich an.

»Ich habe dir das nie erzählt.« Die Waschbärenfamilie frisst Müll zum Abendbrot. Und zum Mittagessen.

»Doch. Du erinnerst dich nur nicht daran«, stellt er klar.

Oh.

Das ergibt durchaus Sinn.

Ich habe auch Termine verpasst, richtig? Oder ich bin mitten in einer Sitzung weggetreten und Stunden später aufgewacht, beim Hausaufgabenmachen oder Zähneputzen.

Aber wenn ich es ihm früher schon mal erzählt habe, warum ist er nicht darauf zurückgekommen? Warum hat er mich nicht daran erinnert?

Ich will ihn das gerade fragen, da sagt er: »Ich habe versucht, es dir zu sagen. Wenn du du bist. Aber du erinnerst dich nicht. Ich habe versucht, dich an das zu erinnern, was du mir erzählt hast, Molly, aber du hast das immer ausgeblendet.«

Oh.

Das ergibt durchaus Sinn.

Ergibt es Sinn?

In letzter Zeit ist es mir schwergefallen zu unterscheiden, was Sinn ergibt und was nicht. Was sollte ich in Zweifel ziehen und was sollte ich akzeptieren?

»Sag es mir jetzt«, verlange ich. »Sag mir, was ich dir erzählt habe.«

»Ich glaube nicht, dass es so funktioniert«, sagt er. »Ich glaube, ich verstehe das jetzt ein bisschen besser. Du musst das wohl für dich selbst herausfinden.«

Oh mein Gott.

Ich bin verrückt.

»Ich bin verrückt.«

»Du bist *nicht* verrückt, Molly. Okay? Molly? Du bist nicht verrückt.«

»Ich bin nicht verrückt.«

Wirklich nicht?

Ich fühle mich aber so.

Ich habe das Gefühl, den Halt zu verlieren.

Meinen Halt in der Realität.

Ich hatte eigentlich nie einen besonderen Halt in der Wirklichkeit, aber wahrscheinlich kann man so was erst dann beurteilen, wenn es bedroht ist.

»Was passiert hier mit mir?«, flüstere ich.

»Ich glaube nicht, dass ich dir das sagen kann«, sagt er. »Denn du wirst dich wahrscheinlich nicht daran erinnern.«

»Aber du weißt es.«

»Ja, ich weiß es.«

»Und wenn du es aufschreibst?«

»Du wirst den Zettel verlieren.«

»Und wenn du es mir heimlich ins Ohr flüsterst?«

»Ich habe versucht, es dir zu sagen, Molly. Ich glaube, du musst es selbst herausfinden. Du hast gesagt, du hättest dich an etwas erinnert? An etwas, was mit Lyle zu tun hat?«

»Kennst du Lyle?«

»Ich habe von Lyle gehört.«

»Er ist tot. Ich war dabei, als er gestorben ist.«

»Ich weiß.«

»Ich habe ihn gekannt. Wir waren Freunde.«

»Ich weiß.«

»Du weißt das?«

»Ja, ich weiß, dass ihr Freunde wart.«

»Woher weißt du das?«

»Du hast es mir erzählt, Molly. Erzähl mir, woran du dich erinnert hast.«

Ich erzähle es ihm also. Ich erzähle ihm von der Fabrik und der Whiskyflasche. Und ich erzähle ihm auch von der Eiche. Wie wir beim Friedhof am Meer unter der Eiche sitzen. Nach einem Sturm. Der Geruch von Salz. Wie ich Lyle etwas sage, das ihn wütend macht – das ihn veranlasst zu gehen. Dass ich mich nicht genau erinnere, was ich ihm gesagt habe, aber dass ich glaube, es hat damit zu tun, dass ich ihn nicht geliebt habe. Das ist eine Vermutung, aber so fühlt es sich an.

»Und jetzt sag es mir«, sage ich. »Sag mir, warum das passiert.«

»Das wird nicht funktionieren.«

»Ich kann es beenden. Ich kann einfach hierbleiben.«

Er seufzt. Ich sehe, dass er es mir nicht sagen will. Aber er muss. Ich kann jetzt hierbleiben. Ich kann zuhören. Ich kann mich erinnern.

»Ruf mich später noch mal an«, sagt er. »Egal wann. Lass mich wissen, dass alles in Ordnung ist.«

»Ja, ja«, sage ich flehentlich. »Sag es mir.«

Als ich erwache, schaue ich fern. Hazel sitzt neben mir auf der Couch und betrachtet mich mäßig interessiert, als ich irritiert aufstehe.

»Da liegt das Telefon.« Sie zeigt auf den Couchtisch.

»Woher weißt du …«

»Du sollst Alex anrufen. Es ist schon spät.«

»Er hat gesagt, ich kann immer anrufen«, blaffe ich.

»Hier.« Sie nimmt das Telefon und reicht es mir. »Ruf ihn an.«

»Sind Mom und Dad zu Hause?«

»Nö.«

»Clancy?«

»Oben.«

Es gibt ein paar Tricks, um es geheim zu halten.

Man wacht Stunden später vor einem Fernseher auf und

sammelt möglichst viele Informationen darüber, was man getan hat.

»Und, äh, was schauen wir?«, frage ich.

Hazel lächelt. Ein trauriges Lächeln. Sie sieht mich an, als wollte sie mich in den Arm nehmen, bewegt sich aber nicht.

»*Criminal Minds*«, antwortet sie. »Schaust du gern.«

»Ich weiß«, murmele ich. »Ich weiß, dass ich die Serie gern gucke.«

Ich nehme das Telefon mit nach hinten in den Garten und wähle Alex' Nummer. Es ist seine Praxisnummer, eine andere kenne ich nicht, aber wenn es ein paarmal geklingelt hat, wird man direkt zu seinem Handy verbunden. Dann kann er sehen, dass ich anrufe. Mein Familienname erscheint auf dem Display.

»Molly.« Er klingt erleichtert. »Du bist es doch, oder?«

»Wer sonst sollte es sein?«, frage ich.

»Ja, klar.«

Schweigen. Ich sollte wohl etwas sagen. Bei Alex muss man immer als Erster reden.

»Du hattest wohl recht.«

»Es geht nicht um Rechthaben.«

»Ja, vielleicht. Aber du hattest recht.«

»Vermutlich.«

»Ich glaube, wir versuchen es irgendwann noch einmal.«

»Ja, klar.«

»Du meinst, ich muss – was? Es selbst herausfinden?«

»Wenn du anfängst, dich zu erinnern, dauert es vielleicht gar nicht mehr so lang.«

»Okay.«

Wieder Schweigen.

Ich habe Kopfschmerzen, die sich zu einer Migräne entwickeln. Ich spüre, wie sie an den Rändern meiner Augen zerrt. An der Oberfläche meiner Haut. Alles nach innen saugt.

»Na gut«, sage ich. »Bis Mittwoch dann.«

»Alles in Ordnung?«

Hast du Selbstmordgedanken, Molly?

Denkst du darüber nach, dir etwas anzutun, Molly?

Sollen wir dir wieder Medikamente geben, Molly?

»Ja, Alex, alles in Ordnung. Danke.«

»Tag und Nacht«, sagt er.

Tag und Nacht.

Das hat er auch ganz am Anfang gesagt, als er mir seine Telefonnummer gab.

»Jederzeit«, sagte er. »Du kannst mich immer anrufen, Tag und Nacht.«

»Ich weiß.«

Ich lege auf. Mein Kopf schmerzt.

In der Küche wartet Hazel mit einer kleinen Tablette und einem Glas Wasser.

»Hier, Molly, nimm das«, beharrt sie und schiebt sie zu mir hin.

Ich schlucke die Tablette, ohne zu fragen, und spüle sie mit einem Schluck lauwarmem Wasser hinunter.

»Woher hast du die?« Meine Eltern halten alle Medikamente unter Verschluss. Wenn sie nicht zu Hause sind, muss ich warten.

»Sie haben mir welche gegeben«, sagt sie. »Für Notfälle.«

Wenn du selbstmordgefährdet bist, vertrauen deine Eltern deine Migränetabletten deiner dreizehnjährigen Schwester an.

»Ist es aus?«, frage ich.

»Es war der Bruder«, sagt Hazel. »Schon die ganze Zeit.«

»Hä?«

»Bist du müde? Oder willst du noch eine Folge schauen? Heute laufen mehrere Folgen hintereinander.«

»Ich glaube, ich bin zu müde. Außerdem habe ich Kopfschmerzen. Ich leg mich lieber hin.«

Hazel folgt mir nach oben. Ich wasche mir das Gesicht und putze mir die Zähne. Den Schlafanzug habe ich schon an. Aber ich erinnere mich nicht, dass ich ihn angezogen habe.

In meinem Zimmer sitzt Hazel auf der Bettkante. Ich krabbele um sie herum und sie deckt mich zu, wie unsere Mutter, nur in kleiner und jünger. Sie steht auf, zieht die Vorhänge zu, schaltet das Licht aus und setzt sich dann wieder zu mir.

»Geht's dir besser?«

»Ja«, sage ich. »Wird besser.«

Sie ist still wie eine Katze. Ihr Atem ist überhaupt nicht zu hören.

Sie schlingt einen Finger um einen Finger von mir und ich drücke schwach. Das ist ein geheimes Zeichen. Wir haben nie darüber geredet, und wir wissen nicht, was es bedeutet, aber es ist ein Zeichen. Ich rutsche ein Stück zur Seite, und sie legt sich neben mich, rollt sich zusammen und drückt ihre Nase an meinen Hals. Ich spüre, wie sich der Pulsschlag in meinem Hals durch den Druck von Hazels Nase verstärkt, und habe ganz deutlich das Gefühl, das schon einmal erlebt zu haben. Es kommt aus dem Nichts. Hazel mit ihrer Nase an meinem Hals. Es fühlt sich so besonders an.

»Was ist mit ihr?«, fragt Clancy von der Tür.

»Sie hat Kopfschmerzen«, antwortet Hazel.

»Ich habe eine Tablette. Brauchst du eine Tablette, Molly?«

Wenn du selbstmordgefährdet bist, vertrauen deine Eltern deine Migränetabletten auch deinem jüngeren Bruder an.

»Ich hab ihr meine gegeben«, sagt Hazel.

»Hey – wer war's? Der gruselige Freund?«, fragt Clancy.

»Der Bruder«, sagt Hazel.

»Der Bruder?«

»Hätte ich nie gedacht«, sagt sie.

»Ich bin unten. Ruf mich, wenn du was brauchst.«

Er schließt die Tür.

Hazel dreht sich auf den Rücken. Wir schauen zusammen an die Decke. Es ist zu dunkel, um irgendwas zu sehen, aber unsere Schultern berühren sich, und ich weiß, dass ihre Augen offen sind.

»Habe ich es gewusst?«, frage ich sie.

»Was gewusst?«

»Habe ich gedacht, dass es der Bruder war?« Normalerweise liege ich mit meinem Verdacht richtig.

»Oh ja«, sagt sie lachend. »Ja, du hast gewusst, dass es der Bruder war. Hätte auf dich hören sollen.«

»Genau«, sage ich. Hazel lacht noch mehr. Unter der Decke tastet sie nach meiner Hand und drückt sie.

»Molly«, sagt sie. »Ich bin so froh, dass du da bist.«

»Du bist so komisch«, antworte ich.

Als ich mitten in der Nacht aufwache, ist sie weg.

ZEHN

Am nächsten Morgen schlafe ich lang. Jemand hat meinen Wecker ausgestellt und mir ein Glas Wasser und noch eine kleine Tablette auf den Nachttisch gelegt. Auf dem Teppich neben dem Bett steht eine gelbe Schüssel. Ich bin froh, dass ich sie nicht gebraucht habe.

Ich schaue auf die Uhr. Die zweite Stunde ist schon halb vorbei.

Mein Kopf fühlt sich wieder normal an, deshalb nehme ich die Tablette nicht und richte mich auf. Ich könnte problemlos weiterschlafen, aber ich bin später mit Sayer verabredet. Meine Eltern lassen mich nicht weg, wenn ich nicht zur Schule gehe.

Ich dusche. Meine Mutter hat mir unten einen Zettel hingelegt. Ich soll ihr schreiben, wenn ich etwas brauche. Ihr Bescheid geben, ob ich zu Hause bleibe oder zur Schule gehe. Sie hat meine Autoschlüssel neben den Zettel gelegt. Ich esse ein Müsli und schnappe mir eine Jacke. Draußen ist es bestimmt kalt. Es windet und die Wolken ziehen schnell über den blauen Himmel.

Ein Rucksack steht an der Tür, und ich ertappe mich dabei, wie ich hoffe, dass ich es in den Stunden, an die ich mich nicht erinnere, auch manchmal schaffe, ein paar Hausaufgaben zu machen.

Nicht, dass das jetzt eine Rolle spielt.

Meine Lehrer sind halb fertige Aufgaben von mir gewöhnt.

Irgendwie akzeptieren sie es unter diesen Umständen.

Früher gehörte ich zu den Besten in meiner Klasse. In der zehnten und zu Beginn der elften Klasse war ich eine Einserschülerin.

Aber dann habe ich irgendwie die Krise gekriegt.

Im Auto drehe ich das Radio leise. Bei einem Stoppschild checke ich mein Handy und finde Nachrichten von Erie, Hazel und meiner Mom. Und eine von Sayer.

Von Sayer.

Mein Herz macht einen komischen Sprung in meiner Brust und ich werfe das Handy wieder auf den Beifahrersitz. Nach einem bestimmt ungewöhnlich langen Stopp quere ich die Kreuzung.

Ich habe seine Nachricht nicht einmal gelesen. So früh schreibt er mir doch bestimmt nur, um abzusagen, was wir möglicherweise an unverbindlichen Plänen hatten. Jetzt frage ich mich natürlich, ob wir überhaupt Pläne hatten. Habe ich mir die ganze Sache nur ausgedacht? Das wäre mir durchaus zuzutrauen.

Aber es ist passiert, oder?

Ich weiß, dass es passiert ist.

Es muss passiert sein.

Bis ich das Auto auf dem Schulparkplatz abgestellt habe, schaue ich nicht noch einmal auf mein Handy.

Erie fragt mich in ihrer Nachricht, wo zum Teufel ich stecke. Meine Mom und Hazel sind besorgt.

Sayer …

Er will mich um vier Uhr abholen.

Wir machen einen Ausflug, sagt er.

Essen zusammen, wenn ich mag.

Endlich habe ich seine Nummer und kann sie meiner Kontaktliste hinzufügen. Dann wird er nicht mehr als anonym angezeigt.

Mein Herz schlägt in einem stetigen Stakkato gegen meine Brust, als ich meine Sachen zusammensammele und mich in Richtung Schule aufmache. Zuerst gehe ich ins Rektorat und melde, dass ich da bin. Statt verärgert zu sein, scheint die Schulsekretärin hocherfreut, mich zu sehen.

»Miss Pierce«, balzt sie mit ihrer schweren, zuckersüßen Stimme. Ihren Namen kann ich mir einfach nicht merken. »Ihre Mutter hat angerufen. Hat mir gesagt, dass Sie vielleicht gar nicht kommen. Ich bin so froh, dass es Ihnen besser geht.«

Ja.

Das bin ich.

Es geht mir besser: Die Geschichte der Molly Pierce.

Ich lache über meinen eigenen Witz. (Es ist ein alter Witz zwischen Clancy und mir: Wir denken uns Titel für unsere zukünftigen Autobiografien aus.) Die Sekretärin strahlt. Offenbar denkt sie, sie hätte mich aufgeheitert.

Das bin ich auch.

Aufgeheitert.

»Ich geh dann mal.« Ich schiebe mich durch die Tür. »Unterricht, Sie wissen schon.«

Sie winkt mir zum Abschied und ich gehe zu meinem Schließfach. Dort schreibe ich meiner Mom, dass ich in der Schule bin. Und Hazel, dass es mir gut geht. Ich schreibe auch Erie, obwohl ich sie gleich sehe.

Ich brauche eine Minute, bis ich weiß, welcher Tag ist und welche Stunde in unserem sechstägigen Rotationsstundenplan auf wann fällt. Ich habe die ersten zehn Minuten Spanisch verpasst und gehe deshalb möglichst schnell dorthin.

Zum Glück kümmert mein Zuspätkommen die Spanischlehrerin nicht besonders; ich habe nämlich gerade festgestellt, dass die namenlose Sekretärin vergessen hat, mir den Verspätungsschein mitzugeben.

Ich setze mich auf meinen üblichen Platz neben Erie. Letzte Reihe. Sie starrt mich an.

Luka ist nicht da. Er hat Französisch gewählt.

Ich brauche lange, bis ich mein Buch auf den Tisch gelegt, meinen Block aus der Tasche gezogen und den richtigen Stift gefunden habe. Erie wendet die ganze Zeit über den Blick nicht von mir ab.

Sie reißt einen Fetzen Papier von ihrem Block ab, kritzelt etwas darauf und wirft ihn mutig auf meine Tischplatte.

Die Spanischlehrerin ist hundert Jahre alt und vergisst immer, wo sie ihre Brille hingelegt hat.

Wo zum Teufel warst du?, will Erie auf ihrem Zettel wissen.

Verschlafen. Migräne. Hab dir geschrieben.

Ich werfe den Zettel zurück und sie scheint von dieser Antwort ein bisschen besänftigt. Sie greift nicht einmal nach ihrem Handy, um nachzuschauen. Das ist nett. Für den Rest der Stunde geht es so zwischen uns hin und her.

Triffst du Sayer heute wirklich?

Um vier.

Pläne?

Rumfahren. Vielleicht essen. Er holt mich ab.

Sie überlegt sich ihre Antwort eine Weile. Als ich zu ihr hinschaue, kaut sie an ihrem Füller und schaut verloren aus dem Fenster.

Endlich schreibt sie etwas und wirft es mir zu.

Carbon geht mir auf die Nerven.

Heißt er wirklich so? Ich meine, echt?

Er heißt so.

Was geht dir an ihm auf die Nerven?

Schreibt Gedichte über mich. Legt sie in mein Schließfach.

Das klingt süß.

Hat eine Sestine über meine Haare geschrieben.

Wie geht das überhaupt?

Jedes Wort – du verstehst schon, jedes Reimwort – war einfach »Haare«.

Aber so funktioniert eine Sestine nicht.
Sag ich doch.
Hä?

Das schreibe ich tatsächlich. Ich schreibe »hä?« und werfe den Zettel zurück zu ihr. Die Stunde ist fast vorbei und sie antwortet nicht. Sie knüllt den Zettel zusammen und versenkt ihn in ihrem Rucksack.

»Luka hat bis jetzt drei Mädchen gefragt«, sagt Erie ein paar Minuten später. Wir stehen an ihrem Schließfach und sie wühlt nach einem Kaugummi. »Zumindest hat er das gesagt.«

»Drei Mädchen vor dem Mittagessen. Beeindruckend.«

»Sie haben alle abgelehnt.«

»Stimmt ja gar nicht.« Luka taucht hinter uns auf. »Nur eine hat *definitiv* Nein gesagt. Die anderen waren nicht so direkt. Eher so – *na ja, nein, ein andermal.*«

»Ein andermal?«, sagt Erie.

»Nicht ganz so beeindruckend«, korrigiere ich mich.

»Na ja. Wegen euch«, sagt Luka achselzuckend.

»Ich habe gehört, dass Mädchen es mögen, wenn man ihnen Sestinen schreibt«, sage ich. »Versuch's mal damit.«

»Was ist eine Sestine?«, fragt Luka.

Erie taucht mit einem einzelnen Streifen Kaugummi aus ihrem Schließfach auf. Sie überlegt eine Weile, reißt ihn dann in drei Stücke und verteilt sie.

»Ich habe wirklich schöne Haare«, sagt sie.

»Ist mir noch gar nicht aufgefallen« Luka nimmt den Kaugummi und geht weiter.

Erie ist für einen Augenblick wie gelähmt, deshalb klappe ich das Schließfach für sie zu, nehme sie am Arm und führe sie den Flur hinunter ihm hinterher.

»Glaubst du, er …«

»Nein, Erie, ich glaube nicht, dass er das so gemeint hat.«

»Aber warum hat er dann …«

»Keine Ahnung … Weil er Luka ist.«

»Aber er musste doch nicht …«

»Da, schau mal.« Ich zeige mit dem Finger. »Carbon.«

Wir alle müssen in der nächsten Stunde in die Bibliothek, und obwohl Luka vor uns war, schafft er es irgendwie, fünf Minuten zu spät zu kommen. Er setzt sich neben mich. Erie und Carbon haben zu mir hin einen Sitz frei gelassen. Sie unterhalten sich flüsternd.

»Was ist mit ihren Haaren?«, flüstert Luka laut und provoziert einen ärgerlichen Blick von Mr Stone, der die eigentlich für Stillarbeit vorgesehene Stunde beaufsichtigt.

»Psssst«, sage ich.

Luka zuckt mit den Achseln und lehnt sich in seinem Stuhl zurück. Er zieht ein Buch heraus und macht damit weiter, es nicht zu lesen.

»Was hältst du eigentlich davon?« Er stößt mir den Ellbogen in die Seite und zeigt zu Erie und Carbon hinüber.

»Was soll ich davon halten?«

»Ich gebe ihnen, sagen wir, eine Woche? Noch eine Woche?«

»Keine Ahnung.«

»Was hältst du von ihm?«

»Keine Ahnung.«

»Glaubst du eigentlich, dass das sein richtiger Name ist?«

»Keine Ahnung.«

»Hey, mit dir kann man sich langsam richtig gut unterhalten. Hast du geübt?«

»'tschuldigung. Ich habe … ist es nicht ein bisschen heiß hier? Mir ist irgendwie heiß.«

Ich fühle mich komisch. Als ob der Saal um mich herum verschwimmt, als wäre was mit meinen Augen.

»Mir ist nicht heiß«, sagt Luka. »Triffst du dich eigentlich heute Abend mit Sayer?«

»Yep.«

»Pläne?«

»Weiß nicht. Er hat gesagt, wir fahren rum.«

»Klingt gut.« Pause. »Er ist ein bisschen komisch, oder? Ein bisschen neben der Spur?«

»Er ist nicht neben der Spur, Mensch, Luka, sein Bruder ist gerade gestorben.«

»Was? Er hat einen Bruder?«

»Was?«

»Was? Ach so, du sprichst über … Nein, ich habe über ihn gesprochen. Über Carbon. Ich meine, das kann doch nicht sein Name sein, oder? Das ist nicht sein Name.«

»Carbon? Was? Keine Ahnung. Warum denkst du überhaupt …«

»Es ist nur, weißt du, das ist nicht einmal ein richtiger *Name*. Es ist ein Element. Ist es ein Element? Ist Carbon ein Element?«

»Keine Ahnung, ich glaube, es ist was Chemisches.«

»Genau, ein chemisches Element. Kein Name.«

»Wie auch immer, was geht dich das an?«

»Nichts«, sagt er. »Hey, soll ich dir Wasser holen? Ich geh zur Toilette und bring dir Wasser mit. Du siehst ein bisschen komisch aus. Ist dir auch komisch?«

»Mir ist nur heiß.«

Heiß und schwummrig. Heiß und alles ist verschwommen, als ob die Ränder meiner Augäpfel zuckten, sodass der Raum sich verzerrt.

»Wasser tut dir gut.« Luka stützt sich beim Aufstehen auf meine Schulter. »Ich hol dir Wasser.«

Ich will ihm murmelnd danken, aber Luka ist verschwunden, und ich bin an einem Ort, den ich nicht kenne.

Ich bin mit Sayer zusammen.

Es ist Wochen her.

Ich erinnere mich.

Ich kenne Sayer.

Ich bin mit Sayer zusammen. Er beugt sich zu mir und küsst mich und ich küsse ihn zurück.

Und dann sagt er, dass er mich liebt, und ich sage ihm, dass ich ihn auch liebe.

Sayer.

Er hat mich angelogen.

Ich kenne ihn.

ELF

Ich stürme aus dem Lesesaal und stoße direkt mit jemandem zusammen. Ich versuche, mich vorbeizudrängeln, doch jemand greift behutsam, aber fest nach meinem Handgelenk, und ich schaue auf in der Hoffnung, dass es … keine Ahnung, dass es mein Bruder ist, wahrscheinlich. Er ist der Einzige, der mich, ohne Fragen zu stellen, in Ruhe lässt, wenn ich ihn darum bitte.

Aber es ist Bret.

Ich spüre, wie mein Herz in Richtung Magen sackt. Natürlich ist es Bret. Ist er es nicht immer? Jede peinliche Situation, alles, was mir Schreckliches zustößt – immer ist Bret Jennings da. Als würde er von meinen peinlichen Augenblicken angezogen.

»Molly, langsam«, sagt er. »Alles in Ordnung?«

»Ja, klar! Natürlich! Toilette! Ich will zur. Du weißt.«

Keine Zeit, die Reihenfolge dieser Worte noch einmal zu überdenken. Ich habe sie schon gesagt.

»Du siehst ein bisschen blass aus«, sagt er.

»Heiß«, stoße ich hervor. »Ich meine, mir ist heiß. Es ist heiß hier. Mir geht's gut.«

»Ich hab dich in der ersten Stunde gar nicht gesehen.«

Das erregt mein Interesse, ich kann es nicht bestreiten. Bret hat bemerkt, dass ich in der ersten Stunde nicht da war? Aber dann fällt es mir ein: Ich bin seine Laborpartnerin. Heute war in der ersten Stunde Biologie. Ich habe ihn versetzt.

»Ich weiß, tut mir leid. Hoffentlich habe ich nichts Wichtiges verpasst. Ich meine, ich hoffe, dass du mich nicht unbedingt gebraucht hast oder so.«

»Du wirst immer gebraucht«, sagt er, und es wirkt, als würde er es sagen, bevor ihm bewusst wird, wie merkwürdig es klingt. Seine Worte fallen schwer auf den Boden. Bret wird rot, drückt rasch meinen Ellbogen und geht noch rascher weg.

Das Drücken meines Ellbogens bedeutet vielerlei:

Bitte tu so, als hätte ich das nicht gesagt.

Bitte tu so, als hätte ich das nicht gemeint.

Bitte tu so, als hätte ich das nicht gesagt, aber wisse, dass ich es wenigstens unbewusst gemeint habe.

Ich habe keine Zeit, länger darüber nachzudenken. Ich schaffe es gerade noch zur Toilette, bevor die Erinnerung zurückkommt. Diesmal mit voller Kraft. Ich schließe mich in eine Kabine ein und lasse mich von ihr überrollen. Ich glaube nicht, dass ich eine Wahl habe.

»Aber was sagt er dazu?« Meine Lippen formen einen koketten, ungewohnten Schmollmund.

Wir sind in einem Café, einem dunklen Raum mit einer kleinen, erhöhten Bühne, einem Stuhl und einem Mikrofon. Ein Junge mit einer Gitarre hat gerade ein Lied beendet. Die wenigen Leute, die zuhören, klatschen heftig. Sayer und ich auch. Ich lege sogar die Hände um den Mund und schreie meinen Beifall laut hinaus.

Der Junge dort oben ist Parker. Sayers bester Freund. Er entdeckt uns, winkt uns mit einem albernen Grinsen kurz zu und stürzt sich direkt in sein nächstes Lied.

Es ist eines meiner Lieblingslieder: »I'm Leaving you, Louella«.

Ich habe ihn mal gefragt, wer Louella ist.

Er sagte, sie sei niemand. Er habe sie erfunden.

Aber es fühlt sich an, als wäre sie echt. Als hätte er vielleicht einfach nur ihren Namen geändert.

Meine Aufmerksamkeit richtet sich wieder auf Sayer. Er fasst unter dem Tisch an mein Knie. Ich bin kitzlig, lache und schiebe ihn weg. Ergreife stattdessen seine Hand. Werde ernst. Schaue ihn an.

»Das spielt keine Rolle«, sagt er.

»Natürlich spielt es eine Rolle«, sage ich. »Er ist dein Bruder.«

»Er ist ein Idiot.«

»Vielleicht. Aber trotzdem dein Bruder.«

»Er wird das verstehen.«

Wir wissen beide, dass er es nicht verstehen wird. Wir wissen beide, dass Lyle das Gefühl hat, er würde mich verdienen. Als wäre ich ihm etwas schuldig.

Ich habe ihn nicht um Hilfe gebeten.

Andererseits …

Will ich nicht, dass er traurig ist. Und ich will ihn nicht verletzen.

Er ist mein Freund. Eigentlich mein bester Freund. Er bedeutet mir alles und ich will ihn auf keinen Fall verletzen.

Aber ich glaube, ich kann es nicht verhindern.

»Hey«, sagt Sayer. »Hey.«

Ich zucke mit den Achseln. Wenn ich was sage, fange ich an zu weinen, fürchte ich.

»Ich muss bald gehen«, bringe ich raus.

Er nickt. »Ich weiß. Mach dir keine Sorgen wegen Lyle. Ich rede mit ihm.«

»Nein. Das mach ich. Lass mich das tun. Ich glaube, es sollte von mir kommen.«

Sayer nickt.

Ich muss gehen. Ich will aufstehen, aber er ist zu schnell für mich. Er beugt sich über den Tisch. Er küsst mich und ich küsse ihn zurück. Es gibt nur Sayer und mich und diese Musik und dieses kleine Café und sonst nichts.

»Bleib«, sagt er. Und etwas in der Art, wie er es sagt, bewirkt, dass es mehr bedeutet.

»Ich muss aber gehen.«

»Du könntest bleiben.«

»Du weißt, dass ich nicht bleiben kann.«

»Wer weiß. Vielleicht würdest du mich mögen.«

»Bestimmt.«

Noch ein Kuss.

»Ich liebe dich.«

Er sagt es zum ersten Mal.

Ich spüre, wie sich eine Art Wärme in meinem Körper ausbreitet. Ein kurzer Ausbruch von Glück vermischt mit einer hartnäckigen, dauerhaften Traurigkeit, der ich nie ganz entfliehen kann.

»Ich liebe dich auch.«

Ich sitze in der Toilette und weine nicht. Ich weine nicht, weil ich mich weigere zu weinen, weil ich meine Hände zu Fäusten geballt habe und sie mir in die Augen drücke, bis ich nur noch wütend tanzende, weiße Punkte sehe. Erst dann verlasse ich die Kabine, wische mir das verschmierte Augen-Make-up mit einem steifen Papierhandtuch ab und suche an meinem Hals nach dem Puls, von dem ich nie ganz sicher bin, ob ich ihn wirklich finde.

Ich will Alex noch einmal anrufen, lasse es aber sein. Es hat keinen Sinn. Er weiß, was mit mir los ist, aber er sagt es mir nicht. Vielleicht hat er schon früher versucht, es mir zu erzählen, aber sich nicht genug bemüht.

Ich ziehe mein Handy aus der Büchertasche und kämpfe gegen den plötzlichen, heftigen Drang an, es im Wasser zu versenken.

Wen könnte ich denn überhaupt anrufen?

Alle, die ich kenne, haben mich angelogen.

Meine Freunde. Sie wissen Bescheid. Meine Familie. Hazel sitzt auf meinem Auto und drückt die Nase an meinen Hals. Sayer. Alle wissen Bescheid, nur ich nicht, und dafür hasse ich sie.

Nur einer ist meinem Zorn entkommen und auf einmal will ich ihn sehen. Ich muss mit ihm reden.

Ich muss mit meinem Bruder reden.

Und irgendwie ist mir auch klar, dass man mir zu viel durchgehen lässt.

Die Krankenschwester lässt mich im Grunde kommen und gehen, wie ich will. Meine Lehrer sagen keinen Ton zu meinen häufigen Fehlzeiten und Verspätungen. Ich habe keine Ahnung, wo mein Bruder gerade ist, aber die Schulsekretärin sagt es mir bestimmt. Ich weiß nicht, warum ich weiß, dass sie es mir sagen wird, aber ich habe die Toilette schon verlassen und renne förmlich zum Rektorat. Als ich dort ankomme, stellt sie nicht eine einzige Frage. Sie ruft sogar selbst in der Klasse an, spricht mit dem Lehrer und sagt ihm, dass er meinen Bruder schicken soll.

Was zur Hölle fehlt mir?

Offenbar etwas Schreckliches, wenn ich mit alldem einfach so durchkomme.

Ich sehe ihn kommen. Er sieht verwirrt aus. Wahrscheinlich denkt er, dass er in Schwierigkeiten steckt. Ich rufe der namenlosen Sekretärin einen raschen Dank zu, flitze aus dem Rektorat, packe ihn am Arm und ziehe ihn den Flur hinunter zu der Tür, die uns hinausführt. Nach draußen

Er wehrt sich nicht. Er weiß also Bescheid.

Erst draußen fragt er mich.

»Wohin gehen wir?«, sagt er. »Nicht, dass ich dir nicht dankbar dafür wäre, dass du mich aus Algebra rausgeholt hast.«

Ich antworte ihm erst, als wir so weit von der Schule weg sind, dass ich nicht mehr das Gefühl habe, die Wände würden mich erdrücken. Dann wende ich mich zu ihm. Wir stehen auf dem Weg, der zum Schülerparkplatz führt. Er wird auf jeder Seite von breiten Baumreihen beschattet. Wir sind genau in der Mitte, wo wir weder die Schule sehen noch die Autos. Perfekt abgeschirmt von allen Blicken.

»Clancy, du musst ehrlich antworten. Okay? Auf alle Fragen. Ehrlich.«

Er denkt nur eine Minute darüber nach, aber das genügt mir, um zu wissen, dass er die Wahrheit sagt, als er achselzuckend einwilligt.

»Was ist mit mir los?«

»Ein bisschen genauer.« Seufzend betrachtet er die Umgebung um mich herum. Er windet sich ein bisschen, als hätte er vor etwas Angst.

»Was …«

»Ja-oder-Nein-Fragen. Stell mir Ja-oder-Nein-Fragen. Und zwar schnell, weil du dich ja, wie du weißt, jede Minute abmelden könntest.«

Ja oder nein? Wie finde ich nur mit Ja-oder-Nein-Fragen irgendwas raus? Ich drehe mich von ihm weg und wieder zurück. Versuche mit der Bewegung meines Körpers zu verhindern, dass sich auch in meinem Kopf alles dreht. Versuche, das Gleichgewicht zu halten.

Okay, Molly. Entspann dich. Denk nach.

»Mit mir stimmt was nicht, richtig? Und außer mir wissen es alle.«

»Ja.«

»Alle wissen von meinem Gedächtnisverlust? Meinen Blackouts?«

Es fühlt sich merkwürdig an, das laut auszusprechen.

»Jep.«

»Und sie wissen auch, warum das alles passiert?«

»Ja.«

»Und sie sollen so tun, als wüssten sie es nicht?«

»Ja.«

Scheiße.

Okay, entspann dich.

Entspann dich.

Gut, was noch? Was noch? Das ist die schwerste Sache der Welt.

»Bin ich … Scheiße, Clancy, bin ich verrückt? Ich fühle mich, als wäre ich verrückt.«

Er grinst.

Er grinst tatsächlich, dieses Arschloch, aber er kriegt sich schnell wieder ein. Er zuckt die Achseln und streckt die Hand aus, Handfläche nach unten, und wackelt mit ihr hin und her.

Mehr oder weniger.

Ich bin mehr oder weniger verrückt.

Großartig.

»Und was soll ich jetzt machen?«, sage ich. Ein bisschen leiser.

Seine Miene verdüstert sich. Nur einen Augenblick lang ist er da, ein Schatten. Aber dann zuckt er wieder die Achseln und fährt sich mit der Hand durch die verstrubbelten Haare.

»Du solltest mit Sayer reden. Ich bin mir sicher, er hat viel dazu zu sagen.«

zwölf

Eigentlich kann ich nicht wieder in die Schule zurück.

Aber ich gehe trotzdem.

Ich gehe zurück und sitze die restlichen Stunden bis zum Ende ab.

Erie will mit mir reden, aber ich weise sie so freundlich wie möglich ab. Ich lächele und hoffe, dass sie vielleicht denkt, alles wäre in Ordnung. Aber Erie? Sie weiß Bescheid. Was sie weiß, kann ich nicht mal ahnen, aber sie weiß Bescheid. Und deshalb lässt sie sich wahrscheinlich nicht von einem Lächeln täuschen.

Hundertmal will ich aufstehen und gehen, aber ich bleibe. Hundertmal will ich Sayer anrufen und unser Treffen absagen, aber ich tu es nicht. Hundert Mal will ich wieder meinen Bruder suchen, ihn nach draußen zerren, ihn dazu zwingen, mir in die Augen zu schauen, und seinen Blick als einen Anker benutzen. Als ein Rettungsboot oder einen Fallschirm.

Aber ich tu es nicht.

Er hat mir gesagt, dass ich mit Sayer reden soll, also werde ich das tun.

Ich rede mir ein, dass mein Zorn sich im Laufe des Tages legen wird, aber als es zum Schulschluss klingelt, bin ich zorniger als je zuvor.

Clancy wartet bei meinem Schließfach. Er legt mir den Arm um die Schulter, als wir zu meinem Auto gehen, und niemand sagt etwas. Sollten die andern nicht etwas sagen? Sich über ihn lustig machen? Ihm Beleidigungen zurufen, weil seine übliche stoische Haltung auf einmal einen Riss bekommen hat?

Aber sie tun es nicht. Und sie werden es auch nicht tun.

Aus irgendeinem Grund würden sie mir das nicht antun.

Und ihm deshalb auch nicht.

Auf eine merkwürdige Art und Weise kann er vielleicht sogar von Glück sagen, dass er mein Bruder ist.

»Warum die Ja-oder-Nein-Fragen?«, will ich im Auto wissen. Keine Ahnung, ob er mir antwortet, aber wir müssen sowieso noch auf Hazel warten, und das füllt die Stille.

»Alex meinte, das wäre leichter für dich.«

»Warum?«

»Keine Ahnung.«

»Ihr redet alle mit Alex?«

»Nö, jedenfalls nicht jeden Tag, Molly, reg dich ab. Nur manchmal.«

Mein Nagellack ist blau. Er blättert ab. Ein helles Blau und er blättert ab. Ich betrachte ihn lange, und Clancy schaut mich lange an, dann wendet er den Blick ab. Und dann steigt Hazel ein. Ich will den Schalthebel auf Drive stellen, aber da fällt mir ein, dass der Motor aus ist. Ich versuche noch einmal, den Schalthebel auf Drive zu stellen, aber mir fällt ein, dass der Motor immer noch aus ist. Schließlich starte ich den Motor, und als er läuft, drücke ich die Stirn an das Lenkrad und hole tief Luft.

»Molly?«, fragt Hazel vom Rücksitz.

»Mir geht's gut«, antworte ich automatisch.

»Clancy?«, sagt sie.

»Es geht ihr gut, Hazel.«

Hazel schaut mich im Rückspiegel an. Ich weiche ihrem Blick aus, aber das ist schwer. Ihre blauen Augen füllen den ganzen Spiegel aus.

Sie arbeiten heute beide im Buchladen, deshalb lasse ich sie erst dort aussteigen und fahre dann in aller Stille nach Hause. Das Radio ist ausgeschaltet und die Fenster sind geschlossen, nur der sanfte, warme Luftstrom aus der Autoheizung stört meinen erzwungenen Frieden.

Eigentlich habe ich keine Zeit für ein Nickerchen, bevor Sayer kommt, aber ich lege mich trotzdem hin. Ich brauche lange, bis ich eingeschlafen bin, und mein Wecker klingelt praktisch genau in der Sekunde, als ich endlich schlafe, sodass ich jetzt noch müder bin als vorher. Aber wenigstens sind die Ringe unter meinen Augen ein bisschen blasser geworden.

Ein kleines bisschen.

Als ich aufstehe, ist es zehn vor vier. Ich dusche in drei Minuten und ziehe mich in weiteren drei Minuten an.

Jetzt habe ich noch vier Minuten. Ich setze mich auf mein Bett und frage mich, was zur Hölle hier los ist.

Das habe ich mich schon oft gefragt.

Mit jeder neuen Erinnerung, die an die Oberfläche gespült wird, entgleiten mir die Dinge mehr.

Jedes Mal ein bisschen mehr.

Was weiß ich bis jetzt?

Das Wesentliche, Molly. Denk nur an das Wesentliche. Wie Clancys Ja-und-Nein-Fragen. Vielleicht ist das der einfachste Weg, die Dinge zu organisieren.

Okay.

Das Wesentliche.

Ich war mit Lyle befreundet. Er hat mir gestanden, welche Gefühle er mir gegenüber hat. Ich habe ihm gesagt, dass ich diese Gefühle nicht erwidern kann, weil ich sie jemand anders gegenüber empfinde.

Offenbar gegenüber seinem Bruder.

Aber zwischen Lyle und mir steht etwas. Etwas, was mir passiert ist, oder etwas, was er für mich getan hat. Etwas, was ihm das Gefühl gibt, ich sei es ihm schuldig.

Ich habe keine Ahnung, was das sein könnte.

Es klingelt an der Tür.

Der Weg die Treppe hinunter zieht sich gefühlt ewig hin, und mit jedem Schritt kocht der Zorn unter meiner Haut weiter hoch, bis ich von der Hitze bestimmt ganz rot bin.

Als ich die Tür öffne, sehe ich gleich, dass Sayer Bescheid weiß, denn zunächst lächelt er und öffnet den Mund, um mich zu begrüßen, dann schließt er ihn und weicht einen kleinen

Schritt zurück. Eigentlich ist es eher ein Rutschen. Er rutscht ein Stück zurück, und ich trete aus dem Haus, baue mich auf der Fußmatte auf und kreuze die Arme vor der Brust, weil es auf einmal kalt ist.

»Ich habe dir gesagt, dass ich es erkläre«, sagt er.

»Du hast mich belogen.«

»Ich kann es dir jetzt erklären.«

»Aber du hast mich belogen.«

»Woran hast du dich erinnert?«, sagt er.

»Nein, warte«, sagt er.

»Können wir … können wir einfach hier weg?«, sagt er.

»Ich hol meinen Mantel.«

Eine halbe Stunde später hat Sayer das Auto am Straßenrand abgestellt, und wir gehen durch ein kleines Waldstück, das sich, wie ich weiß, zu einem öffentlichen Strand öffnet. Dort ist es bestimmt total leer, so kalt, wie es ist, und so kurz vor Sonnenuntergang. Der perfekte Ort, um zu reden.

Er nimmt eine Decke aus dem Kofferraum. Er hat das also geplant, oder, keine Ahnung, vielleicht lag die Decke schon immer dort. Oder vielleicht hat er die Decke für das Auto gekauft, und jetzt bewahrt er sie im Kofferraum auf, damit er nicht erfriert, wenn er irgendwo mitten in einem Schneesturm eine Panne hat.

Er breitet die Decke auf dem Sand aus, und ich setze mich, ohne auf sein zögerndes Hilfsangebot einzugehen. Und bevor er sich selbst setzen kann, fange ich an zu reden. Denn wenn ich nicht sofort loslege, mache ich es vielleicht nie.

»Ich habe mich an die Fabrik erinnert und an Lyle. Und ich habe mich an die Zeit davor erinnert. Wir waren auf einem Friedhof. Dem Friedhof in der Stadt, in der Nähe vom Strand.«

»Und dann?« Er scheint zu wissen, dass es da noch was gibt.

»Ich habe mich an uns erinnert in einem Café. Wir haben deinem Freund zugehört. Parker. Er hat Gitarre gespielt und ein Lied gesungen, das mir gefallen hat. Er hat uns zugewinkt. Du hast mir gesagt, dass ich mir keine Sorgen darüber machen soll, was Lyle denkt, und dann habe ich gesagt, dass ich ihm von uns erzählen würde. Dann hast du mich geküsst und mir gesagt, dass du mich liebst. Ich glaube, das war das erste Mal, dass du es gesagt hast. Und dann bin ich gegangen. Ich habe gesagt, dass ich gehen muss, und es hat sich angefühlt, als wäre es wirklich wichtig. Als müsste ich sofort gehen, damit nichts Schlimmes passiert.«

»Die Fabrik«, sagt Sayer. Er schaut unverwandt geradeaus zum Wasser. »Die Fabrik und dann der Friedhof und dann Parkers Auftritt. Und so hast du dich erinnert? In dieser Reihenfolge?«

»Ja. Du hast gesagt, dass du mich nie zuvor gesehen hast.«

Und dann …

»Das Krankenhaus«, sage ich.

Mir wird schlecht. Ein Gefühl, an das ich mich langsam gewöhne.

»Im Krankenhaus. Als ich dich mit Lyles Handy angerufen habe. Da hast du meinen Namen gesagt. Ich weiß, dass du meinen Namen gesagt hast.«

Mir fällt ein, dass das genau eine Woche her ist. Eine Woche, seit Lyle gestorben ist. Eine Woche, seit ich Lyle habe sterben sehen.

»Tut mir leid«, flüstert er. »Ich wollte dich nicht durcheinanderbringen.«

Ich weiß nicht, was ich noch sagen soll, deshalb schlinge ich die Arme um die Beine, ziehe die Knie an und lege das Kinn dazwischen.

»Warum ist die Reihenfolge wichtig?«, murmele ich.

»Sie verläuft rückwärts«, sagt er. Er schaut mich an, als wollte er mich trösten und den Arm um mich legen, aber er tut es nicht.

Ich will nicht, dass er es tut, aber zugleich will ich es doch. Ich bin von nicht wollen und wollen ziemlich genau gleich weit entfernt.

»Was meinst du damit?«

»Deine Erinnerung verläuft rückwärts. Du hast Lyle zuletzt direkt vor dem Unfall in der Fabrik gesehen. Davor auf dem Friedhof. Da hast du ihm von uns erzählt. Mich hast du zuletzt direkt davor gesehen ...«

»Als du mir gesagt hast, dass du mich liebst, und ich dir gesagt habe, dass ich es Lyle erzähle«, unterbreche ich.

»Ja«, sagt er.

Mehr Infos, Molly.

Du hast mehr Infos.

Es gibt eine ganze Reihe von Erinnerungen, richtig? All die Blackouts, an die ich mich früher nicht erinnern konnte. Und alle haben offenbar mit Lyle und Sayer und meiner Beziehung zu den beiden zu tun.

Und ich erinnere mich nicht an die einzelnen Augenblicke, abgesehen von der Fabrik und dem Friedhof und dem Café, an keinen einzigen.

Aber irgendwie, wenn ich weg war …

wenn ich sie durchlebt habe …

… habe ich mich an alles erinnert.

Wie bei einem Einwegspiegel.

Wie bei einer Einbahnstraße.

Wie bei …

Hör auf, Molly.

Atme, Molly.

»Molly?«, sagt Sayer.

Ich schaue ihn an. Verdutzt.

»Es tut mir leid«, sagt er. »Es tut mir leid, dass ich dich belogen habe.«

»Musstest du?«, frage ich.

Keine Ahnung, woher das kam.

Beinahe hätte ich etwas Schreckliches gesagt. Beinahe hätte ich ihn angeschrien.

Ich war noch nie wirklich gut darin, mich durchzusetzen.

Er wirkt erleichtert. Fast dankbar.

Und es sieht so aus, als würde er es wirklich meinen …

wenn er sagt: »Ja, ich musste.«

DREIZEHN

Du findest es selbstverständlich. Aufwachen. In die Schule gehen, mit deinen Freunden reden. Im Fernsehen einen Film schauen oder ein Buch lesen oder zum Essen gehen.

Du hältst es für selbstverständlich, abends schlafen zu gehen, am nächsten Tag aufzustehen und dich an alles zu erinnern, was passiert ist, bevor du die Augen geschlossen hast.

Wir halten es für selbstverständlich.

Wir vergessen dabei auch Dinge, aber meistens sind es Kleinigkeiten. Wir vergessen, wohin wir den Schlüssel gelegt haben, oder wir vergessen, das Bügeleisen abzuschalten, oder wir liegen mitten in der Nacht wach im Bett und sind überzeugt davon, dass wir den Herd nicht abgedreht haben. Überzeugt, dass wir die Haustür nicht zugeschlossen haben. Überzeugt, dass wir vergessen haben, den Wecker zu stellen.

Wenn wir älter werden, akzeptieren wir, dass unser Gedächtnis schlechter wird. Manchmal erinnern wir uns nicht daran, welcher Tag ist. Manchmal erinnern wir uns nicht, ob wir uns die Haare schon gewaschen haben, und stehen reglos und tropfend in der Dusche.

Wir vergessen, Deo zu benutzen.

Wir vergessen unsere Sonnenbrille auf dem Küchenblock.

Wir rennen ohne Autoschlüssel aus dem Haus. Ohne Portemonnaie.

Wenn wir noch älter sind, gehen uns andere Dinge verloren. Wir erinnern uns nicht an die Namen unserer Kinder. Wir rufen sie mit allen Namen, die uns einfallen, bis wir den richtigen haben. Wir wissen, dass es der richtige ist, weil sie endlich reagieren.

Wir ziehen unsere Bluse verkehrt herum an.

Vielleicht tragen wir zwei verschiedene Socken. Zwei verschiedene Schuhe.

Wir steigen ins Auto und wissen nicht mehr, wohin wir fahren wollen, oder wir erinnern uns daran, wohin wir fahren wollen, aber wir vergessen, wie wir dorthin gelangen.

Und eines Tages vergessen wir dann vielleicht alles. Wir vergessen, wie alt wir sind, und wir vergessen unseren Namen. Wir vergessen, wann wir essen und wann wir schlafen müssen. Wir nehmen ab und bekommen schwarze Ringe unter den Augen.

Diese Art des Vergessens ist fast okay.

Denn sie kommt nicht unerwartet.

Aber wenn man jung ist, wenn man in meinem Alter ist, dann findet man es selbstverständlich.

Man steht auf. Man lebt seinen Tag. Man geht schlafen.

Man erinnert sich an alles, was man getan hat.

Das ist normal.
Wir erinnern uns.
Wir leben und wir erinnern uns.
Ihr lebt und ihr erinnert euch.
Aber ich nicht.
Ich … ich lebe und ich vergesse.
Nur jetzt nicht.
Jetzt erinnere ich mich.
Und ich weiß nicht genau, was mir besser gefällt.

Im Dunkeln zu sein oder – ohne Vorwarnung – ans Licht gezerrt zu werden.

Lyle sagt mir, was er für mich empfindet. Es ist Spätsommer. September. Ich wusste, dass das kommen würde.

Ich wusste, dass es kommen würde, aber es ist dennoch eine Überraschung, als die Worte seinen Mund verlassen. Er fährt mit mir zu einem kleinen mexikanischen Restaurant. Es ist abgelegen und ein bisschen runtergekommen. Von außen sieht es aus wie eine Art Falle. Außer uns ist niemand da. Ich nehme Quesadillas. Während er mit mir redet, nippe ich die ganze Zeit an meinem Wasser, und als er fertig ist, kann ich ihm nicht einmal in die Augen schauen.

Was ist schlimmer? Derjenige zu sein, dem das Herz gebrochen wird, oder selbst jemandem das Herz zu brechen?

Ich würde immer Ersteres wählen.

Ich bin gut darin, unglücklich zu sein.

Ich bin gut darin, meiner Traurigkeit ein Zuhause zu bieten.

Ich kann nicht mit Lyle zusammen sein.

Eigentlich kann ich mit niemandem zusammen sein, aber für Sayer habe ich eine Ausnahme gemacht. Warum? Keine Ahnung. Vermutlich weil ich es mag, wie er mich anschaut. Ich mag seinen Geruch. Ich mag seine Hände und seine Finger. Ich mag die Art, wie er redet. Ich glaube, er ist der erste Mensch, der mich wirklich kennt. Mein wirkliches Ich. Nicht die Molly, an die sich jeder gewöhnt hat, sondern mein anderes Ich, das tief in ihrem Inneren lebt. Er ist der einzige Mensch, der mich jemals zuvor gesehen hat.

»Ist es wegen all dem, was passiert ist?«, fragt er.

Ich schüttele den Kopf. »Nein, Lyle, damit hat das nichts zu tun.«

»Gibt es einen anderen?«

Ja, es gibt einen anderen.

Ich liebe deinen Bruder. Ich liebe Sayer. Ich glaube, er wird es mir auch bald sagen. Vielleicht sagt er es mir in einem dunklen Kaffeehaus, während jemand Gitarre spielt, und ich werde lang genug bleiben können, um es ihm auch zu sagen.

»Spinn dich aus«, sage ich. »Es gibt keinen anderen.«

»Vielleicht einen Typen aus deiner Schule?«

»Nein, kein Typ aus meiner Schule.«

»Luka?«

»Das ist nicht lustig.«

»Es gibt also keinen. Ich bin's einfach nicht.«

»Du weißt, dass es kompliziert ist. Du weißt, dass ich dich mag.«

»Klar. Ich weiß, dass du mich magst. Klar.«

»Ich bin nicht gerade in der Situation …«

Was?

Ich bin nicht gerade in der Situation wozu?

Mich an jemanden zu binden.

Gebunden zu sein, vielleicht schon. An eine psychiatrische Klinik. An eine Irrenanstalt.

Aber nicht an eine Person.

Auch mit Sayer ist das nicht möglich. Das weiß ich. Es ist eine unmögliche Situation, die ich außer Kontrolle geraten lasse. Das ist ihm gegenüber nicht fair, und es ist auch mir gegenüber nicht fair, aber für den Augenblick fühlt es sich warm an und schön, und ich denke die ganze Zeit an ihn.

Wenn ich überhaupt an etwas denken kann, dann denke ich an ihn.

Ich trinke mein Wasser aus. Ich schüttele den Becher und sauge an dem Strohhalm, aber es kommen nur Luftblasen.

»Du weißt, wie viel du mir bedeutest«, sagt Lyle. »Nicht wahr? Du weißt, dass ich alles für dich tun würde.«

»Ja«, sage ich. Das ist schwach, ich weiß, aber mir fällt nichts anderes ein.

Ja, ich weiß, dass du alles für mich tun würdest, Lyle. Du hast es schon getan.

Und vielleicht ist das genau das Problem. Vielleicht mag ich es nicht, auf irgendeiner merkwürdigen Ebene das Gefühl zu haben, dass ich immer in deiner Schuld stehe.

Dass du meinst, ich stünde immer in deiner Schuld.

Wie kann jemand leben, über dem so etwas hängt? Wie sollen zwei Menschen eine gelungene Beziehung führen, wenn das immer zwischen ihnen steht? Das Bett mit Beschlag belegt. Den Abfluss in der Dusche verstopft. Die Lichter brennen lässt.

»Das war's dann also?«, fragt er.

Vielleicht nicke ich. Ich versuche zu nicken, aber ich bin mir nicht sicher, ob mein Nacken dem Befehl gehorcht.

»Schon okay«, sagt er. Er lächelt sogar ein bisschen. »Ich habe Zeit.«

Es geht immer um dich, was, Lyle? Du hast Zeit oder du hast keine Zeit. Du liebst mich oder du liebst mich nicht. Ich schulde dir etwas. Man schuldet dir etwas.

Ich schätze, ich verdrehe die Augen, denn er fragt mich, warum ich die Augen verdrehe.

»Keine Ahnung, Lyle. Vielleicht habe ich was drin.«

»Bist du traurig?«

»Nein, nein, mir geht's gut.«

Ich winke dem Kellner. Er nimmt unsere leeren Teller mit und lässt die Rechnung am Rand des Tisches liegen.

»Warum solltest du auch traurig sein?«, fragt Lyle. »Du bist ja nicht diejenige, die ...«

»Ich bin nie diejenige, oder?«, frage ich.

»Du bist immer diejenige! Habe ich nicht gerade ...«

»Lass gut sein. Bitte, vergiss es einfach.«

Ich greife nach der Rechnung und zeige sie ihm. Wir machen halbe-halbe.

»Ich versteh dich einfach nicht«, sagt er auf dem Parkplatz. Er schüttelt den Kopf.

Natürlich nicht. Es ist unmöglich, mich zu verstehen. Weil

du niemals verstehen könntest, wie es ist, in einem Schwebezustand zu leben. Ein Wesen des Augenblicks zu sein. Losgelöst und allein und immer abhängig von jemand anders.

Flüchtig und vorübergehend.

»Komm«, sage ich und greife nach seiner Hand. »Ich weiß nicht, wie viel Zeit ich noch habe.«

Alex wartet, bis ich die Augen öffne. Sein Sprechzimmer kommt mir überbelichtet vor, alles ist verschwommen, und er ist nur ein heller Schatten vor einer noch helleren, undeutlichen Landschaft.

Mittwoch. Noch mehr Teile fügen sich zusammen. Noch mehr Erinnerungen rücken ins Blickfeld.

Zwischen gestern und heute hat sich etwas entwickelt: dieses merkwürdige Gefühl, dass ich nicht mich selbst beobachte, sondern eine Kopie meiner selbst. Ein paar Dinge, die ich sage, würde ich im wirklichen Leben niemals sagen. Die Molly in meinen Erinnerungen ist mutiger als ich. Sie ist weniger gehemmt. Hübscher. Sie schminkt sich geschickter als ich. Ihre Haare. Sie hält ihre Schultern anders, und sie lächelt immer, als wisse sie, was alle denken.

Ich weiß nie, was jemand denkt.

Sobald sich meine Augen an das Licht gewöhnt haben, erzähle ich Alex von dieser frischen Erinnerung, und wir reden darüber, *was sie meiner Ansicht nach bedeutet* und *welche Gefühle sie in mir auslöst.*

Ich beharre nicht mehr darauf, dass er mir sagt, was ich erlebt habe.

Ich bin nicht mehr zornig auf alle, die ich kenne.

Und nicht mehr empört darüber, dass sie mich im Dunkeln gelassen haben.

Denn ich glaube, was Alex gesagt hat, ergibt Sinn. Ich glaube, ich muss es selbst herausfinden.

Ich rede eine Stunde lang, und am Ende der Stunde fühle ich mich besser, als ich mich die ganze letzte Woche plus einen Tag gefühlt habe. Seit ich Lyle den Helm abgesetzt und mir dabei meinen grauen Lieblingspullover ruiniert habe.

Eine Woche. Und es ist viel passiert in dieser Woche.

Als ich Alex' Praxis verlasse, finde ich Clancy in meinem Auto, der mit geschlossenen Augen Radio hört. Wahrscheinlich hat er die Ersatzschlüssel von meinen Eltern genommen.

»Hi«, sage ich und setze mich auf den Fahrersitz.

»Fährst du mich zum Buchladen?«, sagt er. Er trägt seine Markenzeichen: schwarze Jeans, schwarzes Band-T-Shirt, schwarze Kapuzenjacke mit Reißverschluss.

Mein Bruder. Der Einzige, dem ich nichts mehr vormachen muss. Alle andern denken, ich lebe in seliger Unwissenheit.

»Wie bist du hergekommen?«

»Zu Fuß«, sagt er.

»Ich dachte, Hazel und ich wären heute Abend dran.«

»Wir haben getauscht«, erklärt er. »Sie muss eine Buchpräsentation fertig schreiben.«

Ich fädele mich in den Verkehr ein. Jedes Mal, wenn ich mich jetzt in den Verkehr einfädele, muss ich mich zwingen, nicht in den Rückspiegel zu schauen. Und den Jungen auf dem Motorrad zu suchen.

»Wie geht's Alex?«, fragt Clancy.

»Ich rede doch nicht mit dir über meine Therapiestunde«, entgegne ich rasch.

»Und wie ging's Sayer gestern?«

»Ich rede auch nicht über Sayer mit dir.«

»Worüber würdest du gern reden, Molly?«

»Über nichts. Ich möchte eigentlich über gar nichts reden.«

»Cool. Wenn du mich dann das nächste Mal aus dem Unterricht holst, will ich auch über nichts reden«, sagt er.

»Tut mir leid«, sage ich versöhnlich.

Es tut mir wirklich leid. Und ich habe gemeint, was ich gesagt habe: Ich bin nicht mehr wütend.

Das heißt jedoch nicht, dass ich unbedingt über alles sprechen möchte.

»Bei Alex war's okay. Ich habe mich noch an ein paar mehr Begebenheiten erinnert und ihm davon erzählt. Er sagte, er würde sich über meine Fortschritte freuen.«

Clancy lacht, ein scharfes, abruptes Lachen, das mich zusammenfahren lässt. Mein Blick schießt in den Rückspiegel und wieder zurück.

»Was sollte das?«, frage ich.

»Das hat er wirklich gesagt? ›Ich freue mich über deine Fortschritte, Molly‹? Ich hätte nicht gedacht, dass Irrenärzte so einen Scheiß reden.«

Er kann sich kaum halten, mein Bruder. Er kichert.

»Man nennt sie heute nicht mehr Irrenärzte«, murmele ich.

»Und Sayer?«, sagt er, als er sich wieder im Griff hat.

»Es war okay. Wir lieben uns, glaube ich. Ich erinnere mich nur nicht daran.«

»Ist bestimmt komisch.«

»Ja. Hey, Clancy – was passiert? Wenn ich weg bin, wie bin ich da?«

Er holt tief Luft. »Zuerst habe ich es gar nicht bemerkt. Es war immer Hazel. Sie hat es zuerst gewusst, sogar vor … «

»Vor wem?«

»Vor allen«, sagt er. »Aber dann, dann ist es leichter geworden. Im Laufe der Jahre.«

»Der Jahre? Aber es passiert doch erst … «

»Oder im letzten Jahr. Ich bin kein Kalender«, sagt er abweisend. »Ja, meistens weiß ich es. Obwohl ihr euch eigentlich gleich verhaltet. Ihr seid nicht sehr verschieden. Es sind nur Kleinigkeiten.«

»Die Art, wie ich meine Schultern halte.«

»Ja, die Art, wie du deine Schultern hältst. Das macht dich größer.«

Ein langes Schweigen folgt. Wir kommen beim Buchladen an und ich parke hinter dem Haus. Meine Eltern sind da. Ihr Minivan belegt fast zwei Parkplätze. Bestimmt hat mein Dad ihn eingeparkt.

Ich stelle den Motor ab.

Clancy will die Tür öffnen, aber ich packe ihn am Ärmel seines Sweatshirts.

»Warte«, sage ich.

Er wartet.

Ich warte.

Wir warten.

»Es ist, als ob sich alles vor mir ausbreitet«, sage ich.

Ich erwarte, dass er die Augen verdreht. Schnaubt. Irgendwas. Aber netterweise bringt er nur ein kleines Lächeln zustande.

»Was meinst du damit?«

»Zuerst war alles schwarz. Ich schaute auf das vergangene Jahr zurück und da waren diese großen, klaffenden Löcher. Aber jetzt ist es fast, als hätte ich eine Wahl. Als könnte ich immer weiter zurückgehen und eine Schicht nach der andern abziehen, bis ich den Anfang erreiche. Es ist, als hätte ich es in der Hand. Ich muss mich nicht erinnern, wenn ich es nicht will. Heute habe ich das zusammen mit Alex ausprobiert. Ich habe mich dazu gebracht, mich zu erinnern. Ich hatte die Wahl, und ich habe die Wahl getroffen, mich zu erinnern.«

Er fährt sich durch die Haare und stößt einen tiefen Seufzer aus, der eine Million Dinge bedeuten könnte oder gar nichts.

Dann sagt er: »Ja, das klingt irgendwie sinnvoll.«

»Echt?«

»Nach allem, was ich von dir weiß, ja. Das klingt sinnvoll.«

Nach allem, was er von mir weiß.

Er steigt aus.

Alles, was er über mich weiß, weiß ich nicht einmal selbst über mich.

VIERZEHN

Ich kann die Erinnerungen kommen lassen, wann immer ich möchte.

Im Laden übernimmt Clancy die Kasse, räumt vorn im Verkaufsraum auf, staubt die Regale ab und öffnet die Fenster, um die frische Oktoberluft hereinzulassen. Meine Eltern fahren um sechs, und ich verziehe mich nach hinten, wo ich Bücher aus Kartons nehme und Titel und ISBN-Nummern in den Computer eingebe.

Das ist mein liebster Raum im Laden und vielleicht sogar mein liebster Raum auf dem ganzen Planeten. Hier liegt ein dicker Teppich und man kann, umgeben vom Geruch alter Klassiker, auf dem Boden sitzen. Krimis, die Lieblingsbücher meines Vaters. Memoiren, die meine Mutter samstagmorgens liest, wenn sie das Schlafzimmer nicht vor Mittag verlässt. Und eine Tasse Kaffee nach der anderen trinkt, die Hazel ihr bringt. Nur mit Sahne. Viel Sahne, aber ohne Zucker.

Hier kann ich mir Zeit nehmen. Clancy lässt mich in Ruhe. Nicht einmal das gelegentliche Bimmeln der Glocke an der Eingangstür, die mein Vater eigenhändig angebracht hat, damit sie die Ankunft eines jeden neuen Kunden ankündigt, stört mich. Es ist nur ein Hintergrundgeräusch. Alles rückt allmählich in die Ferne. Ich schließe die Augen und lasse die Bilder an mich heran. Sehe, wie ich Dinge tue, an die ich mich nicht erinnere. Dinge sage, an die ich mich nicht erinnere.

Ich verliebe mich in Sayer.

Oder besser, ich erinnere mich, dass ich mich in Sayer verliebe.

Es ist schwierig, die Gegenwart und die Vergangenheit auseinanderzudividieren, wenn man alles auf einmal an sich heranlässt.

Wie sich das anfühlt?

Wie im Kino.

Ich schließe die Augen und schaue zu, wie alles passiert. Und auf einmal ist es vorbei. Es ist vorbei. Es sinkt in den Hintergrund und verhält sich wie eine ganz normale Erinnerung. Es ist blass wie eine ganz normale Erinnerung, denn man erinnert sich nie genau an die Farben. Oder die Gerüche. Man kann darüber nachdenken, aber es lässt sich nicht alles noch einmal von Anfang bis Ende abspielen.

Doch wenn es da ist, dann ist es da.

Und es ist so lange her, dass ich mich so deutlich an Dinge erinnert habe. Anfangs weiß ich nicht, was ich mit mir anfangen soll.

Anfangs bin ich so überwältigt, dass ich weinen könnte.

Aber ich weine nicht.

Man lernt es, nicht zu weinen, wenn man als selbstmordgefährdet gilt.

Hätte ich wirklich versucht, mich zu töten? Was, wenn Hazel meine Drohung nicht gehört hätte oder wenn ich sie überhaupt nie ausgesprochen hätte? Wenn ich niemals Hilfe bekommen hätte?

Ich denke immerzu darüber nach.

Aber habe keine Ahnung.

Und das auszusprechen …

… auszusprechen, dass ich nicht weiß, ob ich es getan hätte. Ob ich mich umgebracht hätte.

Dieses Nichtwissen ist ein verdammt scheußliches Gefühl.

Wir sind in Sayers Wohnung.

Es ist ein Studio in einem großen viktorianischen Haus, das sein Vermieter umgebaut hat. Es ist klein, aber es ist schön. Die Farbe blättert an einigen Stellen von den Wänden, die Tür zum Bad schließt nicht ganz, und man muss den Herd mit einem Streichholz anmachen, weil der Zünder nicht funktioniert. Aber es ist ein Zuhause. Es ist Sayers Zuhause und das macht es irgendwie auch zu meinem Zuhause.

Sayer ist praktisch begabt. Seine Leiter steht immer bereit und seine Werkzeuge liegen auf dem Küchentisch. Er arbeitet nachts, wenn er nicht schlafen kann. Und er kann fast nie schlafen. Er repariert den tropfenden Hahn im Bad. Und er wechselt die Kabel am Ventilator an der Decke aus, sodass man ihn mit einem Schalter an- und ausstellen kann.

Ich schaue ihm gern zu, wenn er arbeitet, weil ich das nicht kenne. Meine Eltern rufen einen Handwerker, wenn etwas kaputtgeht. Clancy kann kaum eine Glühbirne auswechseln und Hazel nimmt sowas einfach nicht zur Kenntnis. Sie könnte eine ganze Woche lang mit kaltem Wasser duschen, und es würde ihr nicht in den Sinn kommen, dass vielleicht mit dem Boiler irgendwas nicht stimmt.

Sayer hat die ganze Wohnung nach und nach renoviert und dafür einen Mietnachlass erhalten. Jackie, sein Vermieter, liebt ihn, weil er höflich ist und niemals laut und alles sauber hält. Er hat sogar schon in anderen Wohnungen in dem Gebäude ausgeholfen. Wenn der Vermieter einen Anruf bekommt und es selbst nicht gleich schafft, fragt er, ob Sayer hingehen kann. Manchmal arbeitet Sayer so viel, dass er gar keine Miete bezahlen muss.

»Vergiss es«, sagte Jackie eines Tages. »Vergiss es, Junge, ich nehme kein Geld von dir. Nach all der Arbeit, die du gemacht hast.«

An diesem Abend gingen wir zum Essen aus, in das schickste Restaurant der Stadt (das, ehrlich gesagt, gar nicht so schick ist). Aber ich trug ein Kleid und Sayer eine helle Hose und ein braunes, sportlich geschnittenes Tweedjacket. Es war nett.

In solchen Augenblicken hatte ich das Gefühl, als hätte ich ein eigenes Leben.

Es war ein geheimes Leben. Ich hielt es vor meinen Eltern geheim und vor Luka und Erie und vor Hazel und Clancy. Ich hielt es auch vor Lyle geheim.

Es ging sie nichts an. Es ging niemanden etwas an. Es gehörte nur mir.

Könnte ich nur diese eine Sache für mich allein haben?

Ich wusste, dass ich sie irgendwann aufgeben müsste.

Aber für den Augenblick dachte ich, ich würde ihn lieben.

Ich habe ihn geliebt.

Ich habe Sayer geliebt.

Ich habe seine Wohnung geliebt und seine Hände. Und jede Erinnerung an ihn.

Und deshalb habe ich sie so geheim gehalten. Sogar vor mir selbst.

Es ist windig. Die Fenster in Sayers Wohnung sind alt und klappern in ihren Rahmen. Der Wind erzeugt ein leises, permanentes Pfeifen. Ich sollte mich heute mit Lyle treffen. Er will mit mir in ein mexikanisches Restaurant gehen. Er sagt, dort gebe es das beste mexikanische Essen, das ich jemals essen werde.

Sayer schmiergelt alte Farbe von einem Türrahmen ab. Ich liege auf dem Sofa und schreibe auf einen Spiralblock. Ich bewahre diese Tagebücher hier auf, ich lasse dieses ganze Leben hier, sorgfältig verschlossen in Sayers Wäscheschrank. Es wird nur hervorgezogen, wenn ich es möchte. Nur wenn ich mich davonstehlen kann.

»Wasser?«, fragt er. Er ist in der Küche von der Leiter heruntergestiegen. Ich habe wahrscheinlich vor mich hin geträumt.

»Ja, gerne.«

Er schenkt uns beiden ein Glas ein und reicht mir meines mit einer übertrieben überschwänglichen Geste. »Wann triffst du dich mit Lyle?«

»Bald.«

»Wie lange hast du noch?«

»Ein bisschen länger als bald.«

Er lacht. Trinkt sein Wasser aus und stellt das Glas auf den Couchtisch. »Parker hat nächste Woche einen Auftritt.«

»Wo?«

»In dem Kaffeehaus, in dem wir schon einmal waren. Wäre schön, wenn du kommen würdest.«

»Wenn ich kann. Ich würde gerne.«

»Versuch es«, sagt er.

»Ich werde es versuchen. Du weißt, dass ich nicht viel versprechen kann.«

»Du kannst versprechen, es zu versuchen.«

Er berührt mein Haar, streicht mir eine Strähne aus dem Gesicht.

»Natürlich versuche ich es. Ich verspreche, dass ich es versuche.«

»Ich wünschte, ich würde dich öfter sehen.«

Ich wünschte auch, ich würde dich öfter sehen. Ich wünschte, ich könnte dich sehen, wann immer ich will. Aber du weißt, dass ich das nicht kann. Ich habe dir gesagt, warum ich es nicht kann. Und ich bin blöd, weil ich es so weit habe kommen lassen, aber jetzt sind wir hier, und was soll ich tun? Was soll ich tun?

Er ist ganz dicht bei mir. Sein Atem an meiner Wange, und mein Herzschlag beschleunigt sich, wird unregelmäßig.

Er hat mich schon früher geküsst, aber es ist trotzdem ein Schock. Es ist jedes Mal ein Schock, wenn es passiert. Das darf mir nicht passieren! Ich darf so etwas nicht bekommen! Ich darf nicht so glücklich sein.

Seine Hände in meinen Haaren und seine Lippen auf meinen Lippen.

Er kann mein Herz hören. Er muss mein Herz hören können. Es ist das lauteste, peinlichste Herz der Welt.

Bücher und ein Teppich und Kartons.

Reiß dich zusammen, Molly.

Du hast schon früher Jungs geküsst. Du hast Sam Mandel geküsst und diesen Jungen mit der Zahnspange in der siebten Klasse, wie auch immer er hieß. Es war eine Mutprobe, aber du hast ihn geküsst. Du hast in der Neunten Zach Brayson geküsst und Dan Flowers in der Zehnten. Und du hast Will geküsst und Alan.

Aber hat auch nur einer von ihnen dich geküsst wie Sayer? Hat einer von ihnen seine Augen so geschlossen, deinen Kopf mit dem Finger unter deinem Kinn so angehoben? Hat einer von ihnen sich danach so von dir gelöst und dich so angeschaut?

Als hättest du gerade sein ganzes verdammtes Leben irgendwie perfekt gemacht.

Das nächste Mal, wenn du ihn siehst, Molly, sagt er dir, dass er dich liebt. Hat irgendjemand dir jemals gesagt, dass er dich liebt?

Nein. Nein, nur Sayer. Sayer, der meinen Kopf anhebt.

Sayer, der mich küsst. Sayer, der mir in einem Kaffeehaus sagt, dass er mich liebt.

Nun, ich habe dich wohl auch geliebt, Sayer. Ich muss dich geliebt haben. Ich habe gehört, dass ich es gesagt habe.

Und dass man sich an etwas erinnert, macht es wirklich.

Oder?

Keine Ahnung. Ich bin wahrscheinlich nicht besonders geeignet dafür, das zu entscheiden.

Ich schaue auf die Uhr. Es ist fast acht und Zeit, den Laden zu schließen. Ich ziehe mein Handy aus dem Rucksack. Ich habe zwölf Nachrichten von Erie, klar. Und eine von Hazel.

Und eine von Sayer.

Ich klappe das Handy auf und lese sie dreimal, bevor ich sicher bin, dass sie echt ist.

Molly. Hast du morgen was vor? Ich mache mir Sorgen um dich. Du fehlst mir.

Ich glaube, ich liebe ihn wirklich. Ich muss ihn lieben. Die Menschen, die wir lieben, gehen uns unter die Haut und krabbeln durch unsere Venen und finden ihren Weg in unser Herz. Sie verstopfen unsere Blutbahn und bringen unsere Atmung durcheinander und verheddern sich in unserem Körper wie Draht.

Wir erinnern uns an sie, auch wenn wir uns nicht an sie erinnern.

Wir versuchen sie zu vergessen, aber es ist sinnlos.

Nichts hilft. Eine Amnesie nicht und nicht einmal ein Koma oder eine Hirnverletzung oder ein traumatischer Schock.

Was immer dazu führen könnte, dass wir uns nicht erinnern – wir erinnern uns trotzdem.

Unsere Gedanken zappeln wie Fische, aber unser Körper …

unser Körper erinnert sich.

FÜNFZEHN

Ich ging zusammen mit Sayer durch Wälder, die in den Farben des Herbstes leuchteten. Flammendes Rot und Orange und alle Schattierungen von Grün und Braun. Er fand eine Stelle mit Wildblumen und pflückte eine gelbe für mich, steckte sie mir hinters Ohr und tat so, als würden wir viele Hundert Jahre in der Vergangenheit leben.

»Meine Dame, die Blume putzt Sie außerordentlich«, sagte er mit einer tiefen Verbeugung und einer ausladenden Bewegung seines Arms.

Ich lachte und tanzte von ihm weg, versteckte mich hinter Baumstämmen und hielt mir den Mund zu, damit er meinen Atem nicht hörte. Aber er fand mich. Er fand mich immer.

Er küsste mich. Mein Rücken drückte gegen eine Eiche, und das Geräusch der Eichhörnchen, die sich jagten, erschreckte mich fast zu Tode. Ich hatte immer Angst, erwischt zu werden. Ganz hinten in meinem Kopf hatte ich Angst, dass jeder, der uns sah, es wissen müsste.

Du verdienst das nicht! Du verdienst ihn nicht!

Was machst du hier mit ihr!, würden sie zu ihm sagen.

Weißt du es nicht? Weißt du nicht, wer sie ist?

Da erzähle ich es ihm.

Ich erzähle es ihm im Wald.

Ich weiß nicht, wie er es aufnehmen wird. Ich habe so schreckliche Angst, dass ich mich fast übergeben muss, aber ich weiß, dass ich es ihm erzählen muss. Ich muss ihm gegenüber ehrlich sein. Man muss Menschen gegenüber, die man liebt, ehrlich sein, und ich glaube, dass ich mich gerade in ihn verliebe. Ich bin das dümmste Mädchen auf der ganzen Welt, weil ich es so weit habe kommen lassen, aber was soll ich jetzt tun? Es ist da. Ich bin da. Wir sind hier in diesem Wald, und er hat mir eine gelbe Blüte hinter das Ohr gesteckt, und er küsst mich, während ich mich mit dem Rücken an eine Eiche lehne.

Er stellt viele Fragen. Als ich es ihm sage, ist er zuerst ganz still, als wolle er herausfinden, ob ich lüge. Wenn ich lüge, Sayer, dann habe ich den übelsten Sinn für Humor im ganzen Universum. Wir sitzen zusammen auf einem umgestürzten Baumstamm, und einmal schlage ich die Hände vors Gesicht, weil, keine Ahnung.

Wahrscheinlich weil ich mich schäme.

Aber Sayer zieht mir die Hände vom Gesicht und lässt sie nicht mehr los.

Er sagt meinen Namen. Meinen Namen. Und er stellt hundert Fragen. Wann es angefangen hat, was es bedeutet. Wie ich mich fühle und wie ich wegtrete und wie ich zurückkomme.

Ich erzähle ihm, wie ich Lyle kennengelernt habe, und er wird blass und sagt eine Weile gar nichts, er schaut durch die grünen Blätter hindurch zum blauen Himmel hinauf, und ich spüre fast, wie er wegdriftet, und deshalb halte ich seine Hände noch fester, um ihn hier bei mir zu behalten.

Du darfst mich nicht verlassen. Du gehörst mir und musst hierbleiben.

Ich habe das alles für dich getan! Ich will es in die Bäume schreien, es in meine Haut kratzen. Es auf meinen Arm tätowieren.

Ich habe das alles für dich getan, Molly, und jetzt schau, was ich tue. Ich mache alles rückgängig.

»Ist jetzt alles in Ordnung bei dir?«, sagt er.

»Jetzt ist es in Ordnung. Ich bekomme Hilfe.«

»Ich bin für dich da«, sagt er schließlich.

Er ist wie Clancy. Man weiß, dass sie ehrlich sind, weil sie nicht sofort damit rausrücken. Sie wägen ihre Optionen ab. Sie würden einem sagen, dass man sich verpissen soll, wenn man das hören müsste. Aber sie würden einem niemals etwas versprechen, was sie nicht halten können.

Nach dem Ausflug in den Wald kaufen wir an einem Imbissstand überbackene Käsesandwiches und Sayer isst meine Pommes komplett auf.

Ich habe Angst, dass er mich nicht wiedersehen will, aber nicht einmal eine Andeutung in diese Richtung verlässt seine Lippen. Und ich sage nichts dergleichen. Ganz gewiss nicht.

Einige Ereignisse fehlen.

Ich habe keine Ahnung, was ich im Wald zu Sayer gesagt habe. Ich weiß, dass es ihn geschockt hat, und ich weiß, dass es mir Angst gemacht hat, es ihm zu erzählen. Ich konnte meine Gedanken hören, aber es waren nur die Gedanken, die nicht allzu viel hergegeben haben.

Ich habe also immer noch Geheimnisse vor mir selbst.

Ich dachte, ich hätte die Kontrolle über meine Erinnerungen, aber so intensiv ich auch nach ihnen forsche, habe ich sie offenbar nicht im Griff. Es ist, als würde etwas in meinem Innern sie knapp außerhalb meiner Reichweite halten, knapp über meinem Kopf. Als hätte es sie in einen Safe eingeschlossen oder in einem Einmachglas mitten in einem Feld von Wildblumen vergraben. Und mir statt einer Schaufel einen Löffel gegeben, mir Glück gewünscht und mich mitten in einer stockfinsteren, mondlosen Nacht zum Graben geschickt. Wir sind in Alaska, wo es vier Monate lang kein Sonnenlicht gibt.

Viel Glück, Molly.

Hoffentlich.

Ich schreibe Sayer zurück: **Wie wär's jetzt? Jetzt habe ich Zeit.**

Jetzt habe ich Zeit, und ich möchte nicht warten müssen, bis ich dich wiedersehe.

Clancy und ich schließen den Laden ab. Ich bringe ihn heim und fahre wieder weg, ohne reinzugehen.

Ich kenne den Weg zu Sayers Wohnung. Ich erinnere mich an den Weg zu Sayers Wohnung. Mit offenem Fenster fahre ich kurvige Küstenstraßen hinunter und lasse die feuchte, kühle Luft herein. Es ist dunkel und fast neun Uhr, als ich in seine Einfahrt biege. Hinter dem Haus ist ein kleiner Parkplatz. Ich stelle den Motor ab und nehme mein Handy. Ich habe drei Nachrichten von meiner Mutter.

Wohin fährst du?

Weißt du, dass morgen Schule ist?

Antworte!

Ich rufe sie an.

Tut mir leid, Mom. Tut mir leid! Aber ich muss das jetzt tun. Es ist für die Schule. Ein Projekt. Ich hatte es vollkommen vergessen, bis Clancy im Laden was erwähnt hat. Ja, ich weiß. Ich weiß, dass ich gesagt habe, ich würde mich mehr bemühen. Ich weiß, und genau deshalb kümmere ich mich heute Abend darum. Ja, ich pass auf mich auf. Wir lernen bei Erie. Vielleicht übernachte ich hier. Ist es in Ordnung, wenn ich übernachte?

Sobald ich das Telefonat beendet habe, schreibe ich Erie.

Wenn meine Mutter anruft – ich übernachte bei dir. Schulprojekt.

Sie antwortet in Minutenschnelle.

Geht klar! Wo bist du wirklich?

Ich wusste, dass sie das wissen wollen würde, und wenn sie für mich lügen soll, darf sie auch wissen, warum.

Ich bin bei Sayer.

Ihre Antwort kommt prompt.

Echt! Wow! Zwei Tage hintereinander!

Musste gestern schnell wieder los.

Viel Spaß! Pass auf dich auf. Und komm morgen nicht zu spät zur Schule. Wir haben Pickney in der ersten. Du weißt, wie er ist.

Roger.

Ich werfe das Handy in meinen Rucksack und steige aus.

Er wartet am Hintereingang auf mich und ich falle ihm in die Arme. Dieses Gefühl – er ist eine Seite des einen Magneten und ich bin eine Seite eines anderen Magneten und wir ziehen uns gegenseitig an. Jetzt ist es noch stärker.

Er ist überrumpelt. Zuerst lacht er und dann legt er die Arme um mich. Als ich nicht vor ihm zurückweiche, sagt er fragend meinen Namen. Als würde er checken, wer ich bin.

»Molly?«

»Darf ich reinkommen?«

»Natürlich. Klar, komm rein.«

Er bringt mir Wasser und ich sitze trinkend auf seiner Couch.

Seine Wohnung hat sich verändert. Er hat so viel darin gearbeitet, dass sie fast ein völlig anderer Ort sein könnte.

»Sieht toll aus hier«, sage ich.

Er ist überrascht, aber erholt sich schnell und setzt sich neben mich. Unsere Knie berühren sich fast.

»Du erinnerst dich?«

»Es ist jetzt leichter.«

»Das ist gut«, sagt er.

Unsere Körper vergessen nicht.

Ich spüre den Abstand zwischen uns wie elektrischen

Strom. Wie eine Welle, wie ein Vakuum. Wie ein Brummen. Er ist sehr nah, aber auch unerreichbar. Die Entfernung von meinen Knien zu seinen Knien ist weit wie ein Ozean. Er sagt etwas, ich antworte ihm nicht. Oder ich antworte ihm und vergesse, was ich sage. Oder vielleicht habe auch ich etwas gesagt, und er hat mir geantwortet, oder er hat nicht geantwortet. Ich weiß nur, dass ich das Gefühl habe, als würde ich in eine unendlich tiefe Schlucht fallen, und weil ich so schnell falle, knacken meine Ohren, mein Magen hebt sich, und meine Augen tränen. Wenn ich ihn nicht haben kann, sterbe ich. Ich schlage auf dem Boden auf und sterbe. Etwas sagt mir, dass er nicht mir gehört, aber ohne ihn sitze ich für immer im Wald fest. Mit einer gelben Blume im Haar, ohne etwas zu trinken und ohne Karte, um hinauszufinden.

Er sagt wieder etwas. Diesmal sagt er wirklich etwas, doch ich höre immer noch nicht, was. Aber irgendwie habe ich die Kluft zwischen uns überwunden und meine Lippen auf seine gepresst. Wenigstens eine Minute lang wird alles mit mir in Ordnung sein. Nur eine Minute lang brauche ich das.

Ich versuche, ihm das zu sagen, aber es kommt wie ein Stöhnen heraus, und seine Hände unten auf meinem Rücken sind hartnäckig. Sie drücken. Sie sind zuversichtlich und machen mich zuversichtlich. Sie greifen nach meinen Schultern und manövrieren mich nach hinten, bis er auf der Couch auf mir liegt.

Bin ich deshalb gekommen?

Wer weiß? Aber es ist das, was ich jetzt will.

Sayers Hüften auf meinen Hüften. Sayers Hände auf der

Couch, mit denen er sich abstützt, damit er mich nicht zerdrückt.

Sayers Mund auf meinem Mund und Sayers Lippen und Sayers Zähne. Wie Sayer schmeckt. Und sein Herzschlag an meinem Herzschlag.

Habe ich mir vorgestellt, wie das sein könnte?

Diese Bewegung vor und zurück, dieses Auf und Ab, diesen Wirbelwind, diese Hitze.

Hundert Mal.

Nein, eine Million Mal.

Ich weiß, dass ich es noch nie getan habe, aber ich will es unbedingt, während ich gleichzeitig will, dass es vorbei ist. Ich möchte darauf zurückschauen. Ich möchte es sicher im Gedächtnis verwahrt haben, wo ich herausbekommen kann, was es bedeutet und wie ich es getan habe und ob ich es wieder tun möchte.

Sayer verlangsamt seine Bewegungen, aber ich möchte nicht, dass er sich langsamer bewegt. Doch dann merke ich, dass er die Entscheidung einfach nur mir überlässt. Er überlässt mir die Kontrolle.

Es gibt so wenig in meinem Leben, worüber ich Kontrolle habe.

Und, ja, ich möchte das hier unter Kontrolle haben.

Ich reiße mich los von ihm.

Er hebt den Kopf und schaut mir in die Augen und in seinen grünen Augen sehe ich nur eine Minute lang Lyle. Nur eine Sekunde lang sehe ich Lyle.

Lyle. Warum habe ich dich nicht gewollt?

Warum bist du gestorben?

Dann hat er etwas anderes gesagt und diesmal höre ich ihn.

Es ist: »Ich liebe dich.«

Aber irgendwie glaube ich ihm diesmal nicht.

Es hat angefangen zu regnen.

Sayer ist auf der Toilette, und als er zurückkommt, sitze ich an Kissen gelehnt aufrecht im Bett.

Ich erinnere mich, dass die Fenster bei Wind klappern, aber inzwischen klappern sie nicht mehr. Wahrscheinlich hat er sie repariert.

Er krabbelt neben mir ins Bett und legt sich auf die Seite.

»Du hättest schon vor Stunden nach Hause gemusst«, sagt er. »Es ist spät.«

Ich zucke die Achseln.

Ich bin mir nicht mehr sicher, was ich tun soll oder was ich nicht tun soll. Ich bin mir nicht sicher, was richtig ist und was merkwürdig, was angemessen ist und was verrückt.

Der Regen. Die im Raum verteilten Kerzen, die in ihren Einmachgläsern runterbrennen. Das fühlt sich richtig an.

Aber ich weiß, was er meint.

Man dreht einen Magneten um und er zieht nicht mehr dieselben Dinge an. Auf einmal stößt er die Dinge ab, mit denen er sich vorher verbunden hat, und wenn er stark genug ist, ist es unmöglich, ihn mit diesen Dingen auch nur zu berühren.

Es ist etwas zwischen ihnen. Es ist unsichtbar. Aber es hat eine Form. Es hat einen Anfang und ein Ende. Man kann es nicht sehen, aber man spürt, wie es gegen die Finger drückt.

»Alles in Ordnung mit dir?«, frage ich. Normalerweise stelle nicht ich diese Frage, und mir wird klar, dass ich sie wahrscheinlich stellen sollte, wenn ich will, dass ich weiterhin wichtig für die Menschen bin, die mir wichtig sind.

»Du meinst wegen Lyle?«

»Ja, wegen Lyle. Auch sonst. Wegen allem.«

»Mir geht's gut. Es ist merkwürdig. Wir standen uns nie sehr nahe. Aber es ist merkwürdig, dass er nicht mehr da ist. Und all die Dinge, die ich tun muss. Ich muss sein Handy abmelden. Ich muss sein Auto verkaufen und seine Versicherung kündigen und ich muss zu seiner Bank und sein Konto auflösen. Normalerweise denkt man an so was gar nicht, verstehst du. Man denkt einfach nicht daran.«

»Wo hat er gewohnt?«

»Bei unserem Onkel. Er wollte ausziehen, wenn er achtzehn ist. Er wollte mit mir zusammenwohnen. Hat mich ein paarmal gefragt. Aber ich hatte eigentlich nicht genug Platz. Er sagte mir, ich hätte umziehen können. Aber wir beide unter einem Dach hat nie gut funktioniert.«

Und dass ich auch noch auf der Bildfläche war, das war bestimmt auch nicht hilfreich.

Stand ich zwischen ihnen? Habe ich einer Beziehung, die schon zerbrechlich und unbeständig war, nicht wiedergutzumachenden Schaden zugefügt? Wenn ich mir beide vom Leib gehalten und niemals eine Entscheidung zwischen ihnen getroffen hätte. Oder die Entscheidung getroffen hätte, keinen von beiden zu nehmen.

Bin ich schrecklich?

Manchmal habe ich das Gefühl, als wäre ich schrecklich.

Sayer ahnt, was ich denke. Er legt eine Hand auf mein Knie und drückt ein bisschen.

»Es lag nicht an dir.«

»Irgendwie schon«, entgegne ich.

Aber dass ich beteiligt war, kann ich zumindest nicht abstreiten. Ich war vielleicht nicht der Nagel, aber ich war ein letzter Schlag mit dem Hammer.

»Es lag überhaupt nicht an dir«, sagt er und drückt noch einmal mein Knie. Er schließt die Augen und seufzt glücklich. Friedlich.

Ich habe das Gefühl, dass Sayer für mich eintreten würde, egal was ich tue. Wenn ich mit einem Bus voller Kinder in einen See fahren würde, würde er die Kinder dafür verantwortlich machen, weil sie zu laut waren.

Ich frage mich, wie hoch mein Podest ist. Ich habe es jedenfalls nicht verdient. Aber die Aussicht. Es ist schwer, sie aufzugeben.

Ich mache es mir im Bett bequem.

Ich möchte noch nicht schlafen.

Ich möchte noch ein bisschen weiter zurückgehen. Ich möchte mich an mehr erinnern.

Ich bin wieder mit Sayer zusammen.

Ich stehe in der Tür seiner Wohnung. Ich habe den Autoschlüssel in der Hand. Ich lehne mit dem Rücken am Türrahmen und er will mich zum ersten Mal küssen.

Jetzt küsst er mich zum ersten Mal.

Ich halte so lange die Luft an, dass ich vielleicht blau angelaufen bin.

Als er sich von mir gelöst hat, legt er die Hand an meine Wange und kneift mich ein bisschen, wie um zu prüfen, ob ich auch echt bin.

Und dann sagt er meinen Namen.

Er nennt mich Mabel.

Er bittet mich, nicht zu gehen.

»Bleib noch ein bisschen, Mabel.«

Aber ich habe Schule. Meine Mutter bringt mich um.

Moment mal.

Ich bin wieder in Sayers Bett. Ich stehe so schnell auf, dass ich fast das Gleichgewicht verliere.

Das ist nicht mein Name.

Wo habe ich diesen Namen schon gehört?

Mabel.

Lyle.

Lyle hat mich Mabel genannt.

Ich habe ihm den Helm abgenommen und er hat mich Mabel genannt. Und ich dachte, ich hätte ihn falsch verstanden.

Ich dachte, ich hätte ihn falsch verstanden, aber ich habe ihn nicht falsch verstanden.

»Molly? Was ist los?«

Sayer hat wahrscheinlich schon geschlafen, denn seine Augen sind rot und trübe.

Ich mache einen Schritt weg vom Bett und stoße mit der Hüfte gegen den Schreibtisch. Fluche laut und greife mit beiden Händen nach dem Holz, damit ich nicht falle. Damit ich nicht ohnmächtig werde. Denn ich weiß nicht, was das bedeutet, aber ich glaube, dass es etwas Großes bedeutet.

»Was ist los?«, fragt er noch einmal. Er hat sich jetzt aufgesetzt und reibt sich die Augen.

Und vorsichtig, so vorsichtig, wie ich irgend kann, mit einer festen, starken und deutlichen Stimme sage ich: »Sayer, wer ist Mabel?«

SECHZEHN

»Beantworte mir eine Frage über dich«, sagt Sayer. Wir trinken Kaffee in einem kleinen, chaotischen Café. Vor einer Wand ist eine Bühne, die gerade groß genug ist für einen Hocker und ein Mikrofon. Im Augenblick ist sie leer, aber in ein paar Minuten wird Sayers Freund Parker ein paar Stücke spielen.

Sayer hat mich zum ersten Mal hierher mitgenommen. Parker habe ich noch nicht kennengelernt.

Sayer kauft mir einen Cappuccino und nimmt selbst einen Kaffee. Wir sitzen da, unbehaglich und unsicher. Ich spiele mit meinen Ringen.

»Eine Frage?«, sage ich. »Nur eine Frage?«

»Fürs Erste«, sagt er lächelnd.

Ich weiß nicht, was ich sagen soll, deshalb nehme ich einen großen Schluck von meinem Cappuccino. Als ich die Tasse wegstelle, schaut Sayer mich erwartungsvoll an.

»Was zum Beispiel?«, sage ich. »Was für eine Frage zum Beispiel?«

»Was deine Lieblingsfarbe ist.«

»Meine Lieblingsfarbe ist Rot.«

»Oh«, sagt Sayer. »Die meisten Mädchen sagen Blau.«

»Dann fragst du viele Mädchen?«

»Ich mache Umfragen auf der Straße«, antwortet er grinsend. Dieses Grinsen. Es ist fast wie Lyles Grinsen. Nur dass Lyles Grinsen dünner ist. Und sarkastischer.

»Mit einem Fragebogen? Hast du einen Fragebogen?«

»Ja. Ähm, Lieblingsfarbe. Lieblingstier. Wie viele Geschwister?«

»Rot. Katze. Einen Bruder und eine Schwester.«

»Heißen wie?«

»Clancy, Hazel.«

»Steht ihr euch nahe? Magst du sie?«

»Sie sind jünger«, sage ich. »Ja, ich glaube, wir stehen uns nahe.«

»Wie alt bist du?«, fragt Sayer.

»Das ist die vierte Frage«, sage ich. »Du hast gesagt, dass ich dir eine Frage beantworten soll. Jetzt bin ich dran. Was machst du?«

»Ich bin Elektriker«, sagt Sayer.

»Echt?«

»Echt. Na ja, ich mache eine Lehre.«

»Du bist ein Lehrling?«

»Ja.«

»Ich glaube nicht, dass ich jemals gehört habe, wie sich jemand selbst als Lehrling bezeichnet. Das klingt nach Zauberlehrling.«

Sayer lächelt. Er nimmt eine Vierteldollarmünze aus seiner Tasche. Es ist eine ganz normale Münze. Ich soll mit ihr auf den Tisch klopfen. Ich soll draufbeißen, aber ich weiß nicht, wo sie schon überall lag. Ich gebe sie ihm zurück.

»Machst du damit einen Zaubertrick?« Ich lehne mich erwartungsvoll zurück.

»Ja, klar. Ich mache einen Zaubertrick. Ich brauche dazu nur eine Vierteldollarmünze. Hast du eine?«

Er hat die linke Hand zur Faust geballt. Ich packe sie und biege die Finger auf. Die Münze ist weg. Ich schaue in der anderen Hand nach. Auch keine Münze.

»Beeindruckend«, sage ich.

»Ich mache einen Trick. Borg mir eine Vierteldollarmünze.«

»Ich habe keine.«

»Sicher hast du eine. Ich sehe sie. Streck die Hand aus.«

Ich strecke die Hand aus. Er greift hinter mein Ohr. Dann reibt er seine Finger aneinander und die Vierteldollarmünze fällt in meine Handfläche.

»Machst du das auch für alle Mädchen?«, frage ich.

»Ja«, sagt er stirnrunzelnd, »und sie sind normalerweise sehr viel beeindruckter, als du es bist.«

»Oh nein, ich bin schon beeindruckt«, sage ich lachend. Ich will ihm den Vierteldollar zurückgeben, aber er schiebt meine Hand weg.

»Behalt ihn«, sagt er. »Kauf dir einen Kaugummi.«

Ich lege die Münze auf den Tisch. Um mich herum fangen die Leute an zu klatschen. Ich schaue zur Bühne. Parker richtet sich gerade auf dem Hocker ein. Er legt sich den Gitarrengurt um den Hals und stellt das Mikrofon ein. Im Café wird es leise, als er die ersten Töne eines Liedes spielt.

»Ich hätte nicht gedacht, dass du antwortest«, sagt Sayer auf einmal ganz dicht neben mir. Ich drehe mich zu ihm. Er ist mit seinem Stuhl neben meinen gerutscht, damit ich ihn trotz der Musik höre.

»Eigentlich wollte ich auch nicht.« Ich schaue wieder zur Bühne. Parker hat sich die dunkelblonden Haare hinter die Ohren gestrichen. Seine Stimme ist angenehm. Er singt von einem Mädchen.

»Wegen meines Bruders?«, vermutet Sayer.

Ich schaue ihn wieder an. Sein Gesicht ist dicht vor meinem. Mein Herz macht einen unbeholfenen Satz. Und einen Augenblick lang habe ich das Gefühl wegzudriften. Ich greife nach meinem Cappuccinobecher und halte mich nur mit der Kraft meines Willens hier.

»Warum sagst du das?«, frage ich.

»Ich hab dich gesehen«, antwortet Sayer, »auf dem Parkplatz.«

»Ach ja, als ich hingefallen bin.«

»Nein, beziehungsweise, ja, das hab ich auch gesehen. Ich meine vorher. Ich habe dich vorher gesehen.«

»Richtig«, sage ich. »Und?«

»Er mag dich.«

»Das habe ich gemerkt.«

»Aber du magst ihn nicht?«

»Nicht so, du verstehst schon.«

»Ja. Warum nicht?«

»Keine Ahnung. Es gibt eigentlich keinen Grund.«

»Aber ihr seid Freunde.«

»Na klar.«

»Und deshalb …«

»Deshalb wollte ich dir eigentlich nicht zurückschreiben«, sage ich. »Ich wollte nicht, dass er es herausfindet. Keine Ahnung, ob es … Es fühlt sich irgendwie beschissen an. Aber ich will nicht, dass er es weiß.«

»Er muss es nicht wissen.«

»Und für dich ist das in Ordnung? Für dich ist es in Ordnung, ihn zu belügen?«

»Du musst mit jemandem reden, um ihn belügen zu können«, sagt er. Es klingt fast traurig, so wie er es sagt. Aber dann verändert sich sein Gesicht und er ist wieder ganz normal. Er legt einen Finger auf den Rand meines Kaffeebechers. »Noch einen?«

»Nein, danke.«

»Und was jetzt?«, fragt er.

»Was meinst du mit *was jetzt?*«

»Ich meine, kann ich dich wiedersehen?«

»Oh«, sage ich. »Oh ja, klar. Wann?«

»Keine Ahnung. Wann immer.«

»Oh ja. Klar. Wann immer. Ja.«

»Und?«, sagt Lyle. Wir sitzen zusammen an einem Picknicktisch. Zu unserer Linken der große Stein mit der verwitterten Tafel. Ich habe mir nie die Mühe gemacht, sie zu lesen.

Wir sind im Stage-Fort-Park. Ich mag diesen Park, weil man in der Nähe Eis kaufen kann, und man hat einen schönen Blick aufs Meer, das sich dunkelblau vor uns ausbreitet wie ein Gemälde.

Hier war einmal ein Orkan, die letzten Reste eines Wirbelsturms, der den Süden getroffen hat und dann weiter Richtung Norden gekrochen ist, wo er, schon angezählt, die letzten Windböen ausgespuckt hat. Alle Strände in der Gegend waren geschlossen, aber Molly und Luka und Erie haben sich in den Park geschlichen und von dem großen weißen Pavillon aus beobachtet, wie die Küste von großen, grauen Wellen verschlungen wird. Molly hatte schreckliche Angst. Sie und Erie hatten Luka in ihre Mitte genommen, und Molly wich zurück, als die salzige Gischt ins Landesinnere geweht wurde und ihr in die Augen, in die Haare und in den Mund geriet.

Mir gefiel es. Das Meer sah aus wie Ölfarbe. Irgendwie nicht echt. Es sah aus, als wär es eigens so gemalt worden – wild und düster und gefährlich. Ich schaute durch Mollys Augen zu und wollte eigentlich rauskommen, aber ich kam nicht. Damals kam ich nie raus. Damals schaute ich meistens nur zu.

»Und, was?«, frage ich. Ein paar Kinder klettern die Stufen auf der anderen Seite des riesigen Steins hinauf und tauchen oben wieder auf. Ich fand immer, hier sollte eine Art Geländer sein, eine Absperrung, damit niemand abstürzt, aber es gibt keine.

Unten auf der Wiese neben uns schießt ein Vater kurz hintereinander Dutzende von Fotos. Klick, klick, klick, klick. Eine Mutter winkt heftig. Ihr Hut weht weg und sie rennt ihm Richtung Strand hinterher.

»Sayer«, sagt Lyle. »Was hältst du von Sayer, du Dummkopf?«

»Ach, Sayer«, sage ich. »Er war okay, oder? Er scheint in Ordnung zu sein. Nett.«

Ich schaffe es, wirklich so gleichgültig zu erscheinen, wie ich mir das vorgenommen habe. In Wirklichkeit habe ich jeden Tag an Lyles Bruder gedacht, seit ich ihn letzte Woche kennengelernt habe. Ich habe an seine kleine, ordentliche Wohnung gedacht. Und an den Heißwasserhahn im Bad, der nicht funktioniert. Ich habe an den Zweig gedacht, den er aus meinen Haaren entfernt hat. Und an die Nachricht, die er mir geschickt hat, die Nachricht, auf die ich noch nicht geantwortet habe, die Nachricht, in der er geschrieben hat: **Hi, Mabel. Ich bin's, Sayer. War schön, dich kennenzulernen.**

Keine Ahnung, woher Sayer meine Nummer hatte (oder Mollys, genau genommen), aber ich las seine Nachricht im Spanischunterricht vierzehn Mal und löschte sie dann, bevor ich Molly wieder herausließ. Und den ganzen Rest des Tages wiederholte ich sie im Kopf und dachte über seine Augen nach, die fast so grün sind wie Lyles Augen, aber anders, heller vielleicht. Größer. Freundlicher.

»Hallo?«, sagt Lyle, und ich merke, dass er mich angestarrt hat.

»Hallo?«, wiederhole ich und stupse ihn mit der Schulter. »Was soll das heißen?«

»Nichts«, sagt er achselzuckend.

»Wie kommt's, dass ihr euch nicht so besonders nahesteht?«, will ich wissen.

»Wer sagt das?«

»Du. Du hast es sogar mehrmals gesagt. Du hast gesagt: ›Mabel, wir treffen meinen Bruder. Wir stehen uns nicht besonders nahe, aber …«

»Okay, okay«, sagt er lachend. »Ich verstehe.« Er denkt einen Augenblick lang nach. »Keine Ahnung. Ich habe noch nie richtig darüber nachgedacht.«

»Und als ihr jünger wart?«

»Bevor meine Eltern starben, vielleicht.«

Er hat mir nie erzählt, wie seine Eltern zu Tode gekommen sind, aber ich weiß, dass er neun war, als es passiert ist.

»Und dann?«, sage ich. »Ich meine, nachdem sie gestorben waren. Warum wart ihr euch dann nicht mehr nahe?«

»Wir sind in verschiedenen Familien aufgewachsen«, sagt Lyle. »Ich habe bei meinem Onkel gelebt, dem Bruder meiner Mutter, Sayer bei den Eltern meines Vaters.«

»Warum hat man euch getrennt?«

»Keiner konnte sich uns leisten. Uns beide«, sagt Lyle. »Deshalb haben wir uns nicht besonders oft gesehen.«

»Und wie ist es jetzt, wo Sayer seine eigene Wohnung hat?«

Lyle macht ein finsteres Gesicht, zuckt die Achseln und stützt die Ellbogen auf den Picknicktisch. Dann schaut er auf das Wasser hinaus.

»Ich wollte bei ihm einziehen. Er sagte, er könne es sich

nicht leisten. Ich sagte ... Ich wollte die Highschool schmeißen und auch arbeiten. Aber er hat es verboten.«

»Du darfst die Schule nicht schmeißen«, sage ich.

»Sagt wer?«

»Sage ich.«

»Was weißt du schon? Deine Eltern sind noch am Leben.«

Keine Ahnung, was das damit zu tun hat, aber gegen tote Eltern kommt man nicht mit Argumenten an, und deshalb sage ich nichts mehr. Auch Lyle schweigt lange Zeit, doch dann steht er auf und schaut mich argwöhnisch an.

»Dann findest du ihn nett?«

»Nein«, sage ich. »Ich nehme es zurück. Er kommt mir vor wie ein Idiot.«

Lyle lächelt, obwohl er wissen muss, dass ich das nicht ernst meine.

»Ja«, stimmt er zu. »Das ist er.«

Lyle möchte mich seinem Bruder vorstellen und aus irgendeinem Grund bin ich nervös.

Ich weiß natürlich, dass er einen Bruder hat, er hat ihn schon früher erwähnt, aber das heißt nicht, dass ich ihn kennenlernen möchte. Ein Mensch mehr, in dessen Gegenwart ich vorsichtig sein muss. Wenn ich mit Lyle zusammen bin, ist es manchmal schwierig, konzentriert zu bleiben. In der Gegenwart zu bleiben, nicht wegzudriften. Das darf nicht passieren. Ich darf das nicht vermasseln. Lyle ist der einzige Freund, den ich habe, der einzige Freund, den ich selbst gefunden und für mich behalten habe. Ich darf ihn nicht verlieren.

Deshalb muss ich seinen Bruder kennenlernen, denn das erwartet er von mir.

Es ist April und das Wetter ist immer noch kalt und nass und grau und trübselig.

Lyle fährt mit mir zu Sayers Wohnung und ich stelle immer wieder dieselben Fragen.

»Hast du ihm irgendwas von mir erzählt?«

»Ich versuche, dich nicht zu erwähnen.«

»Echt? Was hast du gesagt?«

»Ich habe gesagt, dass wir befreundet sind. Sonst habe ich ihm nichts erzählt.«

»Hast du ihm erzählt, wie wir uns kennengelernt haben?«

»Ich hab gesagt, dass wir uns bei meinem Job kennengelernt haben. Dass ich dir einen Kaffee gebracht habe und du hast dich beschwert, weil er kalt war. Hast einen eindrucksvollen Wutanfall hingelegt und bist rausgestürmt. Am nächsten Tag bist du zurückgekommen, um dich zu entschuldigen, und es war, als wenn du ein komplett anderer Mensch wärst.«

Ein komplett anderer Mensch.

Lyle, der Witzbold.

Ich schaue ihn böse an und er lacht. Er hält sich für den witzigsten Menschen im ganzen Universum.

»Entspann dich«, sagt er. »Er weiß nichts. Er ist bloß mein Bruder, Mabel, und ich möchte gerne, dass du ihn kennenlernst.«

Das stellt mich für den Augenblick zufrieden, und ich entspanne mich ein bisschen, indem ich mir die Jacke, die ich wie eine Decke über mich gebreitet habe, dichter unters Kinn ziehe. Die Heizung funktioniert nicht richtig. Heute fühlt es sich in seinem Auto an wie in einem Eisfach. Er wollte eigentlich das Motorrad nehmen. Im Nachhinein gesehen wäre das vielleicht sogar wärmer gewesen.

»Glaubst du, dass er mich mag?«, frage ich.

Ich habe es irgendwie als Scherz gemeint, aber vielleicht auch ein bisschen ernst. Früher musste ich mir darüber keine Sorgen machen. Was, wenn ich ihn mag, und er mag mich nicht? Mag er mich, nur weil Lyle mich mag? Funktionieren Brüder so? Werde ich automatisch akzeptiert? Ich habe nur Clancy, um meine Vermutungen zu prüfen, und er ist kein gutes Beispiel. Er hasst eigentlich alle, ob sie meine Freunde sind oder nicht.

»Er mag dich bestimmt«, sagt Lyle.

»Woher willst du das wissen?«

»Vielleicht weil du hübsch bist.«

»Er wird mich mögen, weil ich hübsch bin?«

»Und irgendwie schlau.«

»Du meinst, ich bin hübsch und irgendwie schlau?«

»Wenn du versuchst, nicht so viel zu reden, wird er dich wahrscheinlich mögen«, meint Lyle abschließend und lacht vor sich hin.

»Wie ist er?«, will ich wissen.

»Er sieht aus wie ich«, sagt Lyle achselzuckend. »Das sagen zumindest alle. Er ist älter als ich. Nicht so lustig. Nicht so schlau. Nicht so … Wie ist das Wort, nach dem ich suche?«

»Dämlich?«

»*Dynamisch,* Mabel. Er ist nicht so dynamisch.«

Ich versuche mir einen älteren, weniger lustigen und weniger dynamischen Lyle vorzustellen, aber es gelingt mir nicht.

»Hast du ihm von mir erzählt?«

»Fangen wir wieder von vorn an?« Lyle wirft mir einen Blick zu, als er den Blinker setzt und in die Einfahrt eines großen viktorianischen Gebäudes einbiegt.

»Hier wohnt er?«, frage ich beeindruckt.

»Nicht im ganzen Haus«, sagt Lyle rasch. »Es sind lauter Wohnungen. Nicht besonders groß. Seine Wohnung ist klein.«

Ich habe Schmetterlinge im Bauch, die ich der Aufregung zuschreibe, dass ich jemand Neues kennenlerne.

Aber da ist noch etwas.

Er sieht aus wie Lyle. Nur größer und freundlicher. Sein Gesicht ist nicht so schmal und seine Augen sind grüner.

Ich habe ein Bild in Lyles Geldbeutel gefunden. Ich weiß nicht, warum ich es ihm nicht gesagt habe, aber ich habe das Gefühl, er wäre wütend geworden. Zwischen ihnen ist eine Menge Groll, aber ich glaube, das heißt nicht viel. Manchmal denke ich, dass Lyle der ganzen Welt grollt.

Aber das Bild war nett. Sayer sah freundlich aus. Überhaupt nicht wie die Jungs in meiner Highschool. Oder sonst ein Junge, den ich bisher kennengelernt habe.

»Warum guckst du so eigenartig?«, fragt Lyle.

»Ich bin eigenartig«, sage ich. »Eigenartige Menschen sehen eigenartig aus.«

Er parkt und stellt den Motor aus. Anscheinend will er etwas sagen, aber ich steige aus, bevor er die Möglichkeit dazu hat.

Er hat das Auto am hinteren Ende eines kleinen Parkplatzes abgestellt, der von Bäumen eingerahmt wird. Ich stehe bis über die Knöchel in Gestrüpp. Großartiger Platz, Lyle.

Ich suche mir möglichst vorsichtig meinen Weg und komme hinter dem Auto hervor, wo er mit einem komischen Gesichtsausdruck auf mich wartet.

»Hey«, sagt er.

»Was ist, Lyle?«

»Kann ich nicht einfach Hey sagen?«

»Kannst du nicht einfach nächstes Mal an einem besseren Platz parken?«

Er macht einen Schritt auf mich zu.

Irgendwie habe ich immer gewusst, dass wir an diesen Punkt kommen würden, obwohl ich möglichst viele Hinweise darauf fallen gelassen habe, dass ich seine romantischen Gefühle niemals teilen werde.

»Lyle, einen Moment.«

»Warte, Mabel, warte. Du kannst mir nicht sagen, dass da nichts ist …«

»Da ist nichts! Okay? Es tut mir leid. Lyle, da ist nichts.«

Er hält einen Augenblick lang inne, dann nimmt sein Gesicht einen entschlossenen Ausdruck an. Er macht noch einen Schritt auf mich zu, drückt sein Gesicht gegen mein Gesicht und küsst mich mit solcher Überschwänglichkeit, dass ich ein paar Sekunden lang vergesse, dass ich eigentlich zurückweichen sollte.

Dann berappele ich mich und trete rasch einen Schritt zurück, direkt in das Brombeergestrüpp, das sich begierig in meiner Haut verhakt.

Ich lande auf dem Hintern.

Lyle, das muss man ihm zugutehalten, wirkt nicht besonders traurig darüber, dass ich seinen Annäherungsversuch abgewehrt habe. Vielmehr bricht er in Gelächter aus, rührt keinen Finger, um mir zu helfen, und hält sich den Bauch, während ihm Tränen übers Gesicht laufen.

Ich habe meine Jacke nicht an, sodass meine nackten Arme von Kratzern übersät sind. Blutstropfen bilden sich, und ich feuchte mit der Zunge einen Finger an, um sie einen nach dem andern wegzutupfen.

Endlich merkt Lyle, dass ich immer noch auf dem Boden sitze, und zieht mich mit einer ruckartigen Bewegung hoch. Zusammen zupfen wir dornige Zweige aus meinem Shirt, und er wischt mit seinem Ärmel das Blut und den Schmutz ab, den ich übersehen habe.

»Lyle?«, sagt eine neue Stimme, und mein Magen rutscht mir eine Meile nach unten, als ich ihn über den Parkplatz gehen sehe. Er sieht aus wie auf dem Bild. So nett aus wie auf dem Bild. »Lyle, was zum Teufel machst du da? Willst du ihre Leiche verstecken? Du weißt schon, dass du sie dazu zuerst umbringen musst?«

Oh, ha, ha.

»Ich hab's geahnt, dass ich irgendwie die Reihenfolge durcheinandergebracht habe«, sagt Lyle kopfschüttelnd.

Sayer drängt an ihm vorbei und streckt mir die Hand hin, die ich auch ergreife. Er lächelt, und ich spüre, wie mein Magen sich ein bisschen hebt. Er hat ein freundliches Lächeln.

»Hi«, sagt er. »Du bist bestimmt Mabel.«

»Schön, dich kennenzulernen«, sage ich.

Er zieht seine Hand weg und fasst mir an den Kopf. Ich weiß nicht, was er macht, aber dann zupft er etwas aus meinen Haaren und hält es mir hin.

Einen Zweig.

Ich habe also einen großartigen ersten Eindruck gemacht.

Lyle lacht wie ein Idiot und geht los in Richtung Haus.

Sayer und ich sind einen Augenblick lang allein auf dem Parkplatz: er mit einem Zweig, den er mir gerade aus den Haaren gezupft hat, und ich mit brennenden, von Brombeerranken zerkratzten Armen.

Er sagt nichts, sondern lächelt nur. Dann wirft er den Zweig weg, legt mir den Arm um die Schulter, und wir folgen Lyle nach drinnen.

SIEBZEHN

Okay. Einfach atmen.

Atmen, atmen, atmen.

Die Welt kippt weg und vor meinen Augen tanzen weiße Punkte. Sayer hat sich aufgerichtet und sitzt jetzt auf der Bettkante. Ich strecke ihm die Hand entgegen, die Handfläche zu ihm gerichtet.

Bleib weg.

Das Pochen in meinem Kopf wird mit jeder Sekunde lauter. Es klingt wie die Rückkopplung eines Lautsprechers.

Ich schließe die Augen, aber wenn meine Augen geschlossen sind, dreht sich alles noch schneller, deshalb reiße ich sie wieder weit auf. Sayer schaut mich an. Die Sorge um mich ist in jede Linie seines Gesichts geritzt.

Lyle hat mich Mabel genannt.

Ich habe Alex angerufen und er hat meinen Namen wie eine Frage ausgesprochen. Als müsste er erst herausfinden, wer ich bin.

Mabel.

Lyle hat mich Mabel genannt. Sayer hat mich Mabel genannt.

»Warte«, sage ich. Sayer ist aufgestanden und macht einen Schritt auf mich zu. »Warte einfach.«

Langsam fügen sich die Teile zusammen.

Die Blackouts. Die verlorenen Zeiten. Das Geheimnis. Um das offenbar alle wissen.

Hazel hat mich auf der Couch beobachtet.

Klar hat sie es als Erste bemerkt.

Sie bemerkt alles.

»Molly? Warte.«

Die Zweige in meinem Haar.

Die Kratzer an meinem Arm.

Ich hatte mich so gefürchtet. Hatte mich jemand verletzt? War ich in Gefahr?

Keineswegs. Ich war in ein Brombeergestrüpp gefallen. Hatte mir die Haut an Dornen und Steinen aufgerissen.

War an jenem Abend mitten in einem Geschichtsaufsatz erwacht. Fast fertig mit den Hausaufgaben, aber ohne Erinnerung an die letzten vier Stunden.

Es fühlte sich beinahe an, als würde zur Abwechslung jemand anders mein Leben leben.

Jemand anders.

Und auf einmal hängt die Antwort direkt vor meiner Nase.

Ich könnte zugreifen und sie aus der Atmosphäre pflücken.

Jemand anders lebt mein Leben.

Ich spüre niemand anders in mir.

Aber wie lässt sich das sonst erklären?

Wie lässt sich all das erklären?

»Molly?«

»Warte«, wiederhole ich, diesmal aber leiser. Kaum ein Flüstern dringt aus meiner Kehle.

Ich erinnere mich noch an etwas anderes. Ein Erlebnis, an das ich nie einen weiteren Gedanken verschwendet hatte.

Ich ging zu Alex und wollte mich auf meinen üblichen Platz setzen. Aber dort lag ein Buch. Ich nahm es in die Hand. Das Gesicht der Frau auf dem Cover war senkrecht in ein Dutzend Teile geschnitten. *Sybil.*

»Was ist das?«, fragte ich und warf es ihm auf den Schreibtisch.

Er schaute auf, als hätte er vergessen, dass es dort lag. Nahm es, schüttelte den Kopf und kicherte in sich hinein.

»Mein letzter Patient hat es sich ausgeliehen. Wahrscheinlich hat er vergessen, mir zu sagen, dass er es ausgelesen hat. Es ist ein gutes Buch. Gefällt dir bestimmt auch.«

»Noch nie davon gehört.«

»Es geht um eine Frau, die mit sechzehn verschiedenen Persönlichkeiten lebt. Alle sind in ihrem Kopf eingeschlossen. Faszinierender Fall.«

»Das war auch ein Film oder so, oder?« Ich heuchle Interesse, um Alex glücklich zu machen. All diese Psychologiebücher langweilen mich zu Tode. Er wollte mich schon in der Vergangenheit dazu bringen, ein paar zu lesen, aber ich bin immer über ihnen eingeschlafen.

»Es war die Grundlage für zwei Filme. Du solltest es lesen, Molly. Vielleicht findest du's interessant.«

Zwei Stunden später war ich aufgewacht.

Warum war ich zwei Stunden später aufgewacht?

War Mabel rausgekommen, um in Erfahrung zu bringen, was Alex über gespaltene Persönlichkeiten weiß? Hatte er damals von ihr gewusst? Wahrscheinlich schon. Seine Miene war zu gezwungen. Zu gerissen. Er hatte das Buch absichtlich dort hingelegt.

»Molly?«, sagt Sayer noch einmal. Diesmal senke ich meine Hand und schaue ihn an.

»Wer ist Mabel?«, frage ich noch einmal. Obwohl ich es weiß. Ich weiß jetzt, wer Mabel ist, und vielleicht habe ich es schon die ganze Zeit gewusst.

»Ich darf dir …«

»Ich muss gehen. Es ist gut, ich muss gehen.«

Ich suche meinen Pullover, ziehe ihn über und gehe in die Küche. Die Uhr an der Mikrowelle zeigt zwei Uhr morgens an.

Ich kann jetzt nicht nach Hause gehen. Aber ich muss. Ich muss etwas nachschauen.

Sayer folgt mir. Er will meine Hand nehmen, aber ich ziehe sie weg, suche meine Schuhe und schlüpfe hüpfend in einen nach dem anderen hinein.

Ich weiß nicht, wer du bist.

Und ich bin bestimmt nicht das Mädchen, das du kennst.

»Molly, bitte geh nicht so spät. Bitte bleib wenigstens bis zum Morgen. Wir können reden, ja? Bitte geh nicht.«

Ich will nicht reden. Ich will einfach nur raus aus dieser Wohnung, in mein Auto und nach Hause.

Es gibt da was, das ich tun muss. Etwas, das ich nachschauen muss.

»Es ist okay, Sayer. Mir geht's gut. Okay? Ich ruf dich morgen an.«

»Schreib mir, wenn du zu Hause bist, ja? Lass mich wissen, dass du gut angekommen bist.«

»Klar. Ja, klar, das mach ich.«

Die Nacht draußen ist unerbittlich. Kalt und windig mit heftigen Regenböen. Auf dem Weg zu meinem Auto werde ich klatschnass, aber dann hört es auf, und ich fahre mit offenem Fenster, um mich wach zu halten. Ich zittere, und das Klappern meiner Zähne ist laut wie Trommelschläge, als ich endlich bei uns in die Einfahrt biege.

Meine Eltern haben alle Lichter ausgeschaltet.

Ich benutze mein Handy als Taschenlampe, stolpere aber trotzdem an der Eingangstreppe und kann mich gerade noch am Geländer festhalten.

Ich habe mein Gehirn ausgeschaltet und bewege mich nur mit den absolut notwendigen Hirnfunktionen durchs Haus. Mache einen Schritt. Und noch einen. Trete durch die Tür. Durchquere das Zimmer und öffne die Kommode unter dem Fernseher.

Hier bewahren meine Eltern die Fotoalben auf. Ich habe alle Lampen im Wohnzimmer angeknipst, ohne es richtig zu merken. Dann breite ich die Alben in zeitlich richtiger Reihenfolge auf dem Boden aus. In einem Sommer hatte meine Mutter einen ihrer häufigen Anfälle von Aufräumwut und sortierte alle Fotos im Haus ein. Sie steckte sie in identische grüne Alben und schrieb mit dickem schwarzem Filzstift die entsprechenden Jahreszahlen auf den Umschlag. Hazel und ich sollten eigentlich helfen, aber wir schauten nur die Fotos durch, suchten alle Nacktfotos von Clancy als Baby heraus und legten voller Begeisterung darüber, wie clever wir waren, eine große Collage auf den Teppich.

Aber eine Sache fiel mir immer wieder auf.

Auf den Fotos von mir.

Nicht auf jedem Foto. Nicht einmal auf den meisten, aber hin und wieder fand ich eines und zog es aus dem Schuhkarton, wo all die Fotos unsortiert durcheinanderlagen, bevor meine Mutter sich ihrer annahm. Und ich betrachtete diese Fotos von mir: ich mit dem Arm um Hazel. Ich, wie ich in mein Bett springe. Oder einen Stern an den Weihnachtsbaum hänge.

Und es war, als ob …

Keine Ahnung.

Es war, als würde ich jemand anders anschauen. Es war, als würde ich jemanden anschauen, der ganz genauso aussah wie ich: Sie hatte meine Haare, meine Größe, und sie hatte dasselbe Muttermal auf dem Arm. Sie war ich. Aber sie war es nicht.

Und ich konnte es mir nicht erklären. Deshalb legte ich alle Fotos beiseite. Und obwohl ich mir einredete, dass da nichts war – gab es nicht eine leise Stimme in meinem Kopf? Stupste mich da in den Winkeln meines Gehirns nicht doch etwas an und ermunterte mich, genauer hinzuschauen und weiter nachzuforschen? War da nicht etwas, was mir sagte, dass diese Fotos nicht nichts waren? Dass sie nicht nichts bedeuteten? Dass sie alles bedeuteten?

Jetzt will ich diese Fotos finden und nachschauen, ob sie einen Beweis enthalten oder eine Spur. Ob sie einen Sinn ergeben. Bestätigen sie etwas? Oder sehe ich mit meiner wilden Fantasie etwas, wo eigentlich gar nichts ist? Erzeuge ich Panik, wo Panik eigentlich fehl am Platz ist?

Ich blättere ein Album nach dem anderen durch. Ich schlage die Deckel auf und durchsuche jedes Jahr, von meiner Geburt bis heute.

Aber ich finde kein einziges dieser Fotos.

Wo sind sie alle?

Habe ich sie mir nur eingebildet?

Ich fange noch einmal von vorn an. Ich bin gerade bei der Party zu meinem sechzehnten Geburtstag, auf der Clancy sein Gesicht in der Torte versenkt hat, als ich hinter mir eine Bewegung wahrnehme. Ich fahre zusammen und drehe mich um.

Meine Mutter.

»Ich war nicht bei Erie«, sage ich. Ich glaube, ich weine, denn meine Stimme ist ganz belegt und hört sich falsch an.

»Ich weiß«, sagt sie, »du warst bei Sayer.«

»Woher …«

»Er hat mir geschrieben, als du bei ihm weggegangen bist. Ich habe auf dich gewartet, Molly. Ich habe mir Sorgen gemacht.«

»Tut mir leid, dass ich dich belogen habe.«

Sie nickt. »Wonach suchst du?«

Aber sie klingt, als wisse sie, wonach ich suche. Und da bemerke ich den Schuhkarton in ihren Händen.

»Du hast von ihr gewusst?«, frage ich. Ich wische mir mit dem Ärmel über das Gesicht, vielleicht will ich auch aufstehen, aber ich fühle mich wie angewurzelt da auf dem Teppich. Die Fotoalben liegen in einem wilden Durcheinander wie ein Lichthof vor mir.

»Zuerst nicht.« Sie macht ein paar Schritte in das Zimmer herein, scheint aber unsicher, wohin sie gehen soll. Sie betrachtet den Teppich und seufzt: »Es gab Hinweise, als du jünger warst. Du hast mir Fragen gestellt, deren Antwort du eigentlich hättest wissen müssen. Einmal bist du morgens aufgewacht und hast gefragt, wer den Weihnachtsbaum geschmückt hat. Dabei warst du selbst es gewesen. Ich meine, wir alle. Aber du warst dabei.«

»Warum hast du es niemandem gesagt?«

»Ich hätte nie gedacht … Es waren immer Kleinigkeiten, weißt du. Und selbst dann, Molly. Du warst immer so gut darin, so zu tun, als wäre alles in Ordnung. Außerdem ist es vorübergegangen.«

»Wirklich?«

»Als du zehn oder elf warst. Du hast keine komischen Fragen mehr gestellt. Und wenn ich dich angeschaut habe, wusste ich immer, dass wirklich du es bist. Vorher … nun, da war ich mir manchmal nicht sicher.«

»Und dann?«

Sie macht noch ein paar Schritte und kniet sich dann vor mich hin. »Dann wurde es ein bisschen heftig. Ungefähr vor einem Jahr. Wir trafen die Entscheidung ... beziehungsweise legten dir eindringlich nahe, dass du eine Therapie machst.«

Legten dir eindringlich nahe ist eine lustige Wortwahl, denn in Wirklichkeit verfrachteten meine Eltern mich in den Minivan und karrten mich zu Alex. Von »nahelegen« keine Spur. Sie sagten mir nicht, wohin es geht, bis wir auf dem Parkplatz standen. Ich dachte, wir würden zum Buchladen fahren; sie hatten mir gesagt, dass gerade eine große Sendung angekommen sei. Ich hatte ihnen in der Diele fünf Minuten lang wortreich erklärt, wie viele Hausaufgaben ich hätte und dass sie doch Hazel oder Clancy statt mir mitnehmen könnten. Aber sie bestanden darauf, dass ich mitkomme, und ehe ich michs versah, wurde ich in Alex' Sprechzimmer geführt, schüttelte ihm die Hand, und meine Eltern sagten: *Wir sind dann im Wartezimmer, Molly. Gleich da draußen, okay?*

Meine Mutter seufzt.

»Im Nachhinein gesehen hätten wir dich viel früher dorthin bringen müssen. Wir hätten aufmerksamer sein müssen. Wir hätten etwas bemerken müssen.«

Ich hatte Clancy gesagt, ohne mich seien alle besser dran. Daraufhin brachten meine Eltern mich zu einem Irrenarzt, und er sagte, ich solle Alex zu ihm sagen. *Sag einfach Alex zu mir,* sagte er. *Ich sag Molly zu dir.*

»Es dauerte nicht lange, bis er ... sie kennenlernte«, fuhr meine Mutter fort. Sie sieht schrecklich traurig aus. Und schrecklich schuldbewusst. »Und als er es uns sagte … na ja, auf diese Erklärung sind wir nicht gekommen.«

»Sind das die Bilder?« Ich greife nach dem Schuhkarton. Sie lässt ihn sofort los.

»Von Mabel«, sagt sie. »Früher waren sie natürlich in den Alben. Aber vor ein paar Monaten bat sie mich, sie herauszunehmen. Ich sagte ihr …« Ihre Stimme klingt erstickt und sie hält sich eine Hand vor den Mund. »Ich sagte ihr, dass das unsere Familienalben sind und dass sie zur Familie gehört. Aber sie wollte sie herausnehmen. Also setzten wir uns zusammen und gingen die Alben durch. Und sie nahm jedes Foto von sich heraus. Bei einigen war ich mir unsicher. Aber sie erkannte sich auf allen.«

»Warum? Hat sie gesagt, warum?«

»Sie sagte, sie wolle, dass sie an einem Ort sind. Damit du sie alle sehen könntest, wenn du bereit wärst. Und dann könntest du entscheiden, was du tun willst.«

»Sie hat gesagt, dass ich nach ihnen fragen würde?«

»Sie kennt dich sehr gut. Ich glaube, sie bereitet sich darauf vor, sich zu verabschieden«, sagt meine Mom. In ihrer Stimme schwingt eine Traurigkeit mit, aber es ist eine unsichere Traurigkeit. Sie weiß nicht, wohin sie sie stecken soll. Sie weiß nicht, woher sie kommt und wie sie funktioniert.

»Mach den Karton auf«, sagt sie. »Schau, was du selbst denkst.«

Was ich denke. Ich weiß nicht, was ich denke. Ich weiß gar nichts, aber ich öffne den Karton und ziehe das erste Foto heraus.

Ich, wie ich in der Einfahrt Fahrrad fahre und breit in die Kamera grinse.

Nein. Nicht ich.

Mabel.

Jetzt sehe ich es.

ACHTZEHN

»Ist dieser Mist wirklich dein Ernst, Alex?« Ich nehme ihm das Buch aus der Hand und halte es hoch wie ein Beweisstück.

Meine Veränderung vollzieht sich fließend. Wenn man nicht genau aufpasst, kriegt man sie nicht mit.

Alex braucht einen Augenblick, bis er es kapiert hat.

»Molly?«, fragt er zögernd.

Er sagt niemals meinen Namen zuerst, denn wenn nicht ich es bin, wundert Molly sich, warum er sie Mabel nennt. Das war meine Idee.

»Sie ist noch nicht bereit dafür.« Ich werfe das Buch zurück auf seinen Schreibtisch. »Und so wird sie es bestimmt nicht rausfinden. *Sybil.* Alex, ich bitte dich. Geht's noch ein bisschen offensichtlicher?«

»Ich dachte, wenn sie es liest ...«

»Ich lasse nicht zu, dass sie es so herausfindet.« Ich setze mich und verschränke die Arme vor der Brust. Manchmal macht er mich so wütend, dass ich schreien könnte. Er hat keine Ahnung, was das Beste für sie ist. Das weiß nur ich.

»Außerdem«, füge ich hinzu, »heißt es, der Irrenarzt hätte ihre ganze Geschichte erfunden.«

»In großen Teilen erfunden«, korrigiert Alex mich. »Übertrieben. Und du weißt, dass ich den Ausdruck *Irrenarzt* nicht mag.«

»Egal. Ich dachte nur, wir hätten uns darauf geeinigt, es ihr erst zu sagen, wenn sie bereit dazu ist.«

»Mabel.«

Jetzt hält er mir gleich wieder eine Standpauke. Das erkenne ich daran, wie er meinen Namen ausspricht. Ich stehe auf, weil ich keine Lust habe, auf einem Stuhl festzusitzen, während er mich zurechtweist, und gehe zum Fenster. Es ist Frühling. Die Luft ist schon fast richtig warm.

»Ich kenne sie besser als du.« Mein Erstschlag.

»Das bezweifle ich nicht, Mabel«, sagt er.

»Kannst du aufhören, meinen Namen auszusprechen, als würde er mich für gültig erklären oder so? Ich kenne meinen Namen. Ich trage ihn schon mein ganzes Leben lang«, blaffe ich.

»Du bist wütend.«

»Na klar bin ich wütend. Wir hatten eine Abmachung und jetzt willst du es ihr hinter meinem Rücken sagen!«

»Ich sage es ihr nicht.«

Ich zeige auf das Buch. »Und was soll das dann? Was soll dieses Buch?«

»Ich gebe ihr die Werkzeuge an die Hand, um es selbst herauszufinden.«

»Ich habe dir gesagt, dass ich es ihr sagen werde, Alex! Aber du musst mir Zeit geben, okay? Du musst mir vertrauen. Sie ist noch nicht bereit.«

Alex sitzt auf der Kante seines Schreibtisches und beobachtet mich. Er ist im Umgang mit mir immer ein bisschen auf der Hut.

Aber ich denke, das ist nur recht und billig.

Für ihn ist alles meine Schuld.

Mollys Krankheit.

Man spricht heute nicht mehr von einer gespaltenen Persönlichkeit oder einer multiplen Persönlichkeit, sondern von einer dissoziativen Identitätsstörung. Und er denkt, es wäre alles meine Schuld.

Ist es nicht, Alex.

Du hast das Buch gelesen. Du solltest es besser wissen.

Es ist Mollys Schuld. Sie hat mich gemacht.

Sie hat sich alleine nicht ganz genug gefühlt. Sie hat mich erschaffen, um sich auszufüllen. Sie hat mich erschaffen und in die verschiedenen Winkel ihres Körpers gesteckt, damit sie Raum einnimmt und vollständig ist.

»Was meinst du, wann sie bereit ist?«, fragt er.

»Keine Ahnung.«

»Nächsten Monat? Nächsten Herbst? Nächstes Jahr?«

»Keine Ahnung! Ich hab gesagt, dass ich keine Ahnung habe.«

»Du versteckst ganz schön viel vor ihr. Ich habe schon immer die Ansicht vertreten, dass Ehrlichkeit der wichtigste Aspekt einer erfolgreichen Therapie ist.«

»Ehrlichkeit, klar«, schnaube ich. »Hör zu, Alex, du hast keine Ahnung, wie sie ist. Sie will es nicht wissen, okay? Sie *weigert sich,* es zu wissen. Es liegt nicht immer nur an mir! Manchmal sorgt sie dafür, dass ich heraustrete. Manchmal schiebt sie sich selbst weg. Sie verkriecht sich ganz unten in unserem Körper und bleibt dort, bis ich alles wieder sicher gemacht habe.

Sicher.

Ich weiß, dass Alex sich an diesem Wort aufhält, weil er den Blick von mir abwendet. Er betrachtet seine Hände und schaut mir erst nach vollen zwei Minuten wieder in die Augen.

»Sicher?«, wiederholt er. Er bemüht sich sehr, ein Urteil aus seiner Stimme herauszuhalten, aber, hallo, auch Irrenärzte sind Menschen.

»Alles, was ich jemals getan habe, habe ich getan, damit Molly sicher ist«, sage ich mit zusammengebissenen Zähnen.

»So sehe ich das nicht«, entgegnet er.

Ich setze mich wieder auf den Stuhl.

Warum auch nicht.

Mein ganzer Zorn ist verraucht.

In seinen Augen bin ich der Grund, warum wir überhaupt hier sind. Dann kann ich mich auch so verhalten. Das Beste daraus machen. Ich könnte versuchen, die Dinge an Molly zurückzugeben, aber sie ist definitiv nicht bereit dazu. Die Sache mit dem Buch hat sie aufgewühlt. Sie hat keine Ahnung, warum, aber manche Dinge gehen uns einfach unter die Haut.

»Ich erwarte nicht, dass du es verstehst«, sage ich.

»Kannst du mir dann erklären …«

»Ich habe für alles meine Gründe. Aber ich muss sie dir nicht nennen.«

»Dann eben nicht. Aber dir ist klar, dass ich ihr Medikamente verschreiben kann? Ich kann sie ihren Eltern geben, und sie können sie ihr verabreichen, ohne dass sie es bemerkt. Ohne dass du es merkst. Ich kann dafür sorgen, dass du verschwindest, Mabel. Wenn du nicht kooperierst.«

»Tu's doch, wenn du mir nicht traust«, sage ich. »Tu es. Und schau, wie lang sie es ohne mich schafft.«

Ich stehe auf. Unsere Zeit ist abgelaufen und mir ist schlecht.

Ich bin schon halb durch die Tür, da sagt er: »Ich vertraue dir, Mabel. Ich vertraue dir bedingungslos. Ich vertraue dir Mollys Leben an.«

»Gut. Denn ihr Leben ist mein Leben und du musst ihr helfen. Aber das kannst du nicht ohne mich. Wenn du mich aufgibst, dann gibst du sie auf.«

Einen Augenblick herrscht Ruhe zwischen uns. Die Spannung im Raum lässt nach. Ich hole seit Minuten zum ersten Mal wieder Luft. Alex' Mund deutet ein Lächeln an.

»Tag und Nacht«, sagt er.

»Ich weiß.« Damit gehe ich hinaus.

Irgendwie vergehen die nächsten beiden Tage und es ist Samstag. Meine Mutter lässt mich ausschlafen. Sie hat wohl mit Clancy und Hazel gesprochen. Die beiden gehen mir aus dem Weg, als wäre ich ansteckend. Mein Vater schleicht auf Zehenspitzen an meiner Tür vorbei, als fürchte er, dass ich schreiend herausstürze.

Ich dachte, ich hätte die Kontrolle über die Erinnerungen, aber Mabel ist nicht weg.

Sie ist noch nicht weg. Und sie ist diejenige, die Druck macht.

Sonst hält sie sich im Hintergrund. Sie tritt nicht mehr heraus. Sie gibt keine Antwort auf die Fragen, die in meinem Kopf nach Antworten schreien. Sie prallen von meiner Schädeldecke zurück und fallen mir unberührt vor die Füße.

Als ich damals ein paar Meilen von New York entfernt aufgewacht bin?

Alex hatte gedroht, mir Medikamente zu geben.

»Pass auf, was ich dann tue«, hatte sie gesagt. »Pass auf, was ich ihr dann antue.«

Aber man kann es eigentlich nicht Entführung nennen, oder?

Man kann nicht seinen eigenen Körper entführen.

Ich recherchiere im Netz. Mabel wird Teilpersönlichkeit genannt. Sie ist allwissend. Manche Teilpersönlichkeiten sind allwissend, andere nicht. Die Blackouts sind normal. Ich erinnere mich nicht daran, was sie tut. Und es ist auch normal, dass ich sie nicht spüre.

Ich spüre sie nicht.

Ich wache am Samstag mit der Erinnerung an den Streit zwischen Mabel und Alex über das Buch auf. Ich kann das Feuer in ihrer Stimme, die Flammen in ihren Augen nicht leugnen.

Sie ist so anders als ich.

Sie wird schneller wütend als ich und sie ist lauter. Sogar ihre Stimme klingt anders. Sie hat keinen anderen Akzent, aber sie spricht in einem eher singenden Tonfall.

Ich dagegen klinge immer schon nach der Hälfte meiner Sätze, als würde ich aufgeben. Und wie sollen andere mir glauben, wenn ich nicht einmal mir selbst glaube?

Die Erinnerungen verändern sich. Sie verlagern sich in den späten Winter, frühen Frühling. Lyle und ich sind unzertrennlich. Überall gehen wir zusammen hin. Ich klammere mich an ihn wie an einen Rettungsring.

Mabel klammert sich an ihn wie an einen Rettungsring.

Er ist selbstbezogen und ganz erfüllt von sich selbst und laut und unausstehlich, aber er liebt sie. Er liebt sie und sie hat sich für einen anderen entschieden.

Ausgerechnet für seinen Bruder.

Es schneit, und jede Erinnerung, die hochkommt, bringt mich näher und näher an das, was vor einem Jahr passiert ist, was auch immer es war, was Lyle und Mabel zusammengebracht hat.

Ich weiß, dass sie es mir sagen wird. Sie wird es mich Stück für Stück sehen lassen, bis ich bereit bin, es zu verstehen.

Das heißt warten. Es heißt, jede Kleinigkeit noch einmal durchleben, bis ich beim fraglichen Tag angelangt bin.

Also achte ich besonders auf meine Beziehung zu Lyle. Ich beobachte, wie wir uns rückwärts von besten Freunden, die sich irgendwie hassen, zu besten Freunden entwickeln, die sich lieben, zu Freunden, die nicht sicher sind, wie nahe sie sich sind. Wie nahe sie sich sein sollen und wie nahe sie sich kommen.

Mabel bringt Lyle lachend bei, ihr die Haare zu flechten, und er zeigt ihr, wie man sein Lieblingscomputerspiel spielt. Und sie verbringen viele Stunden damit, Limonade zu trinken und die Bösen zu abzuknallen.

Als Sayer mir schreibt, antworte ich nicht.

Nicht ich bin es, die du liebst.

Und wenn Mabel nicht mit dir sprechen will, habe ich auch kein Recht, es zu tun.

Als Erie mich spät am Samstagvormittag anruft, bitte ich sie, zu uns zu kommen. Ich dusche schnell und klopfe, in ein Handtuch gewickelt, mit tropfnassen Haaren an Hazels Tür.

Sie liegt lesend auf dem Bett, den Kopf von Kissen gestützt und die Beine übereinandergeschlagen. Als sie mich sieht, fährt sie zusammen.

»Molly. Hi«, sagt sie.

»Hi.«

»Brauchst du was?«

»Hast du Zeit?«

»Ja.« Sie lässt das Buch sinken. »Ja, was ist?«

»Machst du mir die Haare?«, frage ich. »Und, ähm … Suchst du mir was zum Anziehen raus?«

Sie sitzt auf meiner Fensterbank, während ich mich anziehe. Ein blau gemustertes Kleid mit einem Cardigan in einem dunkleren Blau. Ich knöpfe ihn nicht zu und setze mich dann vor sie auf den Boden und sie flicht mir die Haare.

Hazel hat einmal zu mir gesagt, wenn ich Geheimnisse vor ihr hätte, dann hätte sie auch Geheimnisse vor mir.

Sie hat einmal zu mir gesagt, ja, ich würde mich manchmal anders verhalten. Aber außer ihr würde das niemand bemerken.

Als sie meine Haare fertig geflochten hat, lehnt sie sich auf dem Fensterplatz zurück.

»Mabel hat sich verabschiedet«, sagt sie.

Klar, dass Mabel sich von meiner Schwester verabschiedet.

Man kann meine Schwester nicht verlassen, ohne sich von ihr zu verabschieden. Sie ist niemand, den man übergeht.

»Wann?«, will ich wissen. Ich drehe mich um und schaue sie an.

»Neulich abends. Nachdem du ins Bett gegangen bist. Ich glaube, sie macht das oft, damit du nichts merkst.«

»Das ist raffiniert.«

»Sie muss raffiniert sein«, sagt Hazel.

Ein paar Minuten später kommt Erie. Wir sitzen auf meinem Bett und erzählen uns Geschichten. Sie erzählt mir vor allem von Mabel. Dass sie es lange nicht bemerkt hat. Dass sie vollkommen schockiert war, als sie es herausfand.

Das überrascht mich nicht. Erie bemerkt bestimmt ein

Viertel der Dinge nicht, die sie bemerken sollte. Und wie Hazel gesagt hat: Mabel ist raffiniert.

Sie fragt mich nach Sayer.

Ich sage ihr, dass ich es selbst nicht weiß. Ich glaube, wir sind fertig miteinander.

Danach gibt es nicht mehr viel zu sagen.

Am Abend, nachdem wir zusammen Lunch und Dinner gegessen haben, geht sie. Ich spüle in der Küche die Teller, während meine Eltern und Hazel es sich im Wohnzimmer gemütlich machen und einen Film anschauen.

Oben ziehe ich mir den Schlafanzug an und räume eine Weile mein Zimmer auf. Lege Kleider weg und bringe schmutzige Wassergläser hinunter in die Küche. Schließlich ist es halbwegs ordentlich, und ich will gerade ins Bett gehen, als jemand an meine Tür klopft. Bevor ich reagieren kann, stürmt Clancy in den Raum.

Ich sitze im Schneidersitz da, während er herumgeht, Gegenstände berührt und sich davor drückt, was er so offensichtlich sagen möchte.

»Hör mal, Molly«, beginnt er, aber dann hält er inne. Er setzt sich zu mir aufs Bett und sieht aus, als wolle er meine Hand nehmen, aber er tut es nicht. »Wie weit bist du gekommen?«

Er sagt nicht viel.

Aber wenn …

Ich weine, bevor ich es selbst richtig merke.

»Er war mein Freund«, flüstere ich. »Clancy, er war mein Freund.«

Wie weit ich bin?

Weit genug, um den Verlust des Jungen auf dem Motorrad richtig zu spüren.

Weit genug, um ihn zu vermissen.

Weit genug, um zu trauern.

NEUNZEHN

»Du solltest nicht so viel trinken, Lyle«, sage ich. Er hat eine Flasche Whisky in der Innentasche seines Mantels. Ich weiß, dass sie da ist, obwohl er sie vor mir versteckt. Er mag es nicht, wenn ich ihm Vorschriften mache, aber weißt du was, Lyle? Pech gehabt. Freunde müssen das manchmal tun, und du bestehst doch immer darauf, dass du mein Freund bist. Nun, das ist die Quittung.

»Entspann dich, Mabel. Es ist Wochenende«, sagt er.

Es ist Donnerstag.

Ich will ihn gerade warnen, da rutscht sein Fuß auch schon unter ihm weg. Er landet bis zur Taille in einem Schneehaufen, und ich sterbe fast vor Lachen, als er versucht, sich aus der Schneewehe herauszuwinden.

Er wollte auf eine Schneewehe klettern, um an ein kaputtes Fenster dieser Fabrik zu gelangen. Es liegt so viel Schnee, dass der Eingang versperrt ist, und die Fenster im Erdgeschoss sind alle mit Brettern zugenagelt.

Es war meine Idee, hierher zurückzukommen, deshalb kann ich nichts sagen.

»Hilf mir ein bisschen!«, verlangt er, und ich fange an, ihn mit bloßen Händen auszugraben. Da ich keine Handschuhe trage, ist es nur eine Sache von Minuten, bis meine Finger komplett taub sind. Bis ich ihn befreit habe, ist er so kalt, dass er die Beine nicht mehr beugen kann. Und inzwischen fällt schon wieder neuer Schnee aus dem grauen Novemberhimmel.

Der kälteste November seit irgendwann in den Siebzigern.

»Ach komm, Lyle, vergiss es«, sage ich. Mein Gesicht ist rot und meine Finger schmerzen. Und die Zehen in meinen Stiefeln spüre ich auch nicht mehr.

»Du willst rein, also gehen wir rein«, sagt Lyle. Sein Mund bildet eine Linie von grimmiger Entschlossenheit, was vielleicht beeindruckend wäre, wenn seine Zähne nicht permanent klapperten.

»Es ist okay. Für mich ist es okay. Wir können uns einen Film anschauen oder so. Irgendwohin gehen, wo es warm ist.«

»Hintenrum«, sagt er. »Ich glaube, da ist noch ein Eingang. Wir sind den ganzen Weg bis hier rausgefahren, dann können wir es auch probieren.«

Ich versuche ein Achselzucken, aber meine Schultern reagieren nicht, sie sind steif gefroren in meiner viel zu dünnen Jacke.

Lyle ist schon an dem Gebäude entlanggegangen und um die Ecke gebogen, also renne ich los, um hinterherzukommen, und hoffe, dass die plötzliche Bewegung das Blut wieder durch meine Adern fließen lässt. Ich glaube, er hat denselben Gedanken wie ich, denn auf einmal rennen wir volle Kanne um die Fabrik. Wir lachen und bewerfen uns mit Schneebällen und stolpern und fallen und stehen wieder auf. Ich breche mir fast den Knöchel, aber es ist so kalt, dass ich es nicht einmal spüre.

Die Fabrik ist riesig. Wir brauchen ein paar Minuten, bis wir auf der Rückseite sind, und inzwischen schneit es richtig und über allem liegt ein sauberes weißes Leintuch. Mir kommt in den Sinn, dass auch mein Auto eingeschneit sein wird, bis wir wieder zurückkommen, aber das ist mir egal. Auch auf den Straßen wird Chaos herrschen, aber ich möchte nur in diese Fabrik hinein.

Als ich diesen Wunsch zum ersten Mal äußerte, erwartete ich, dass Lyle einen Wutanfall bekommt. Warum sollte ich noch einmal hierherwollen?

Keine Ahnung.

Das ist die Wahrheit.

Ich war nie ein sehr gefühlvoller Mensch, was vermutlich daran liegt, dass ich Mollys verborgene Hälfte bin. Ich hatte nie etwas, wofür ich Gefühle hätte entwickeln können. Alles, was ich habe, gehört Molly. Meine Lieblingsschuhe? Gehören Molly. Mein Lieblingsbuch? Steht in Mollys Bücherregal. Mein Lieblingsplatz? Am Fenster in Mollys Zimmer.

Es ist schwer, gefühlvoll zu sein, wenn man nichts hat, wofür man Gefühle entwickeln könnte.

Früher habe ich mal versucht, Tagebuch zu führen, aber darin war ich auch nicht gut.

Was sollte ich schreiben?

Habe heute ein paar Stunden ferngesehen.

Habe beim Schmücken des Weihnachtsbaums geholfen. Sie dachten, ich wäre Molly.

Hatte fünf Minuten, um Lyle zu schreiben. Musste die Nachricht schnell löschen, bevor Molly zurückkam und sie sah.

In einem anderen Leben hätte ich vielleicht Spion werden können.

Niemand vermag es besser als ich, unentdeckt zu bleiben.

Aber es ist okay. Ich bin also nicht gefühlvoll. Aber warum die Fabrik? Warum unbedingt hierher zurück?

Keine Ahnung.

Außer dass es der einzige Platz auf der ganzen Welt ist, der mir gehört. Der mir gehört und von dem Molly nichts weiß.

Die Fabrik gehört mir.

Und was für eine prächtige Beute sie ist.

Zugig und groß und gefährlich und an manchen Stellen schon fast eingestürzt.

Aber sie gehört mir.

Und Teilpersönlichkeiten können wählerisch sein.

Lyle vor mir rutscht wieder aus, aber er fängt sich, bevor er fällt. Wir sind jetzt auf der Rückseite des Gebäudes angelangt und ich entdecke die Tür sogar noch vor ihm. Ich war stehen geblieben, aber jetzt renne ich wieder los, überhole ihn lachend und sprinte zur Tür. Schon von hier aus sehe ich, dass sie vollkommen verrottet ist. Schon von hier aus sehe ich, dass sie ganz brüchig ist. Dass ein paar ordentliche Fußtritte genügen, um sie einzutreten.

Im Nu ist er neben mir, und wir machen uns gemeinsam ans Werk, treten mit unseren eiskalten Füßen gegen das alte, von Termiten zerfressene Holz. Mit jedem Tritt schießt ein Schmerz mein ganzes Bein hinauf und ich denke kurz an Frostbeulen und Tod durch Erfrieren.

Dann tut sich ein beachtlicher Riss auf und die untere Hälfte der Tür bricht nach innen ein.

Es ist gerade genug Platz, dass wir hindurchkriechen können.

Ich robbe voran. Lyle ist direkt hinter mir und schiebt meinen Hintern, während ich nach seinen Händen klatsche, als wären sie Fliegen.

Drinnen ist es einigermaßen hell. Die oberen Fenster sind nicht mit Brettern zugenagelt, und da die meisten stellenweise zerbrochen sind, ist es eisig kalt. Aber der Schnee funktioniert wie hundert winzige Spiegel und schickt blendende Lichtstrahlen nach drinnen.

»Hierher«, sagt Lyle.

Dieser Ort hat ihm gehört, bevor er mir gehört hat. Er kennt ihn besser als ich, und ich gehe dicht hinter ihm her, als er mich tief in seinen labyrinthischen Bauch führt. Wir gehen an Menschen vorbei, dunkle Schatten, die unter Decken kauern, Gesichter, die zu uns heraufspähen, Augen, die sich im Dunkel verlieren, sodass nur eine Nasenspitze sichtbar ist. Lyle legt mir einen Arm um die Schultern und niemand behelligt uns. Sie kennen ihn. Er ist der Junge, der ihnen Brot und Käsesandwiches bringt. Er ist der Junge, der ihnen Flaschen mit Wasser bringt und sie eindringlich bittet, die Notunterkünfte in der Stadt aufzusuchen. Stell dich unter die Dusche, verbring die Nacht in einem Bett. Aber sie sagen, der Schnee sei ihre Dusche, und diese Decken, dieser Boden ihr Bett.

Ein Mann ruft Lyle beim Namen und wir bleiben einen Augenblick vor seinem Haus stehen. Man muss es Haus nennen: ein alter Metallschreibtisch und ein Stuhl. Eine Plane als Dach. Ein Bett und ein Stapel Zeitschriften. Alles sauber und ordentlich. Als ich zum ersten Mal hierherkam, war ich allein. Dieser Mann hat sich als Einziger vorgestellt. Er fragte mich, ob ich irgendwas brauche.

Was ich brauchte, konnte er mir nicht geben.

Der Mann hält eine Tasse hoch und Lyle gießt ihm großzügig Whisky ein.

Der Mann heißt Sport. Wenigstens nennt er sich so.

Lyle sagt: »Alles klar, Sport?«

Und Sport sagt: »Alles klar, Lyle.«

Wir gehen tiefer und tiefer in die Fabrik.

Die Zahl der Obdachlosen wird kleiner und die Junkies tauchen auf. Ihre ausgemergelten Gesichter leuchten im Dämmerlicht auf wie Taschenlampen. Sie verkriechen sich vor uns. Auch sie kennen Lyle, aber sie kümmern sich nicht um ihn und er sich nicht um sie.

Sie sind harmlos, sagte er mir einmal. Sie sind harmlos, wenn du ihnen nicht in die Augen schaust und wenn du dich nicht zu lange in ihrem Revier aufhältst.

Wir sind jetzt oben und es wird heller. Mein Atem kommt in Rauchwolken aus meinem Mund, aber oben ist ein Feuer.

Dieses Feuer geht nie aus.

Ein Mädchen steht jetzt davor und wirft kleine Stücke Holz in den Abfalleimer, damit die Glut nicht erlischt. Sie ist klein und dünn, ungefähr in unserem Alter, mit einem fröhlichen, schmalen Gesicht.

Die Ausreißer.

Ich kenne dieses Mädchen nicht, aber ihre Miene hellt sich auf und sie stürmt strahlend auf Lyle zu und wirft ihm die Arme um den Hals.

»Dachte, du wärst tot!«, quiekt sie. Sie erinnert mich an Hazel. Aber dieses Mädchen ist eine ältere, eine sehr verzweifelte Hazel. Ich habe sofort das Gefühl, sie beschützen zu müssen. Als sie sich von Lyle löst und mich anschaut, strecke ich die Hand aus.

»Mabel«, sage ich.

Lyle sagte mir, dass ich den Ausreißern gegenüber immer als Erste meinen Namen nennen müsse. Sonst würden sie mir nicht trauen.

»Susan«, sagt das Mädchen. »Wo warst du, Lyle? Sag schon. Hab dich seit der Razzia nicht gesehen.«

Alle paar Wochen ist eine Razzia. Dann verschwinden alle für ein paar Stunden und huschen danach wie die Mäuse wieder zurück.

Die letzte Razzia war, als ich zuletzt hier war. Vor zwei Monaten, was ungewöhnlich lang ist.

»Hatte viel zu tun«, sagt Lyle achselzuckend.

Hier drin ist er ganz anders. Ich bemerke das sofort. Er redet anders und er hält seinen Körper anders.

»Ein paar Leute sind für ein paar Tage hinter Gitter gewandert«, sagt Susan. »Dinky und Pretty und Alice. Hab gedacht, du vielleicht auch.«

»Bin zu schnell.« Lyle lächelt.

Nein, Lyle, das stimmt nicht. Du bist nicht geschnappt worden, weil ich dabei war.

»Ich glaube, Pretty hat es auf jeden Fall gutgetan«, fährt sie lächelnd fort, »du weißt ja, wie er manchmal ist.«

»Ich weiß«, sagt Lyle. »Ist er da?«

»Es ist bald Thanksgiving«, sagt sie und das Lächeln verschwindet aus ihrem Gesicht. »Außer mir ist niemand da.«

»Und wir. Schau mal, ich hab dir was mitgebracht.« Lyle zieht Sachen aus seiner Jacke, von denen ich nicht ahnte, dass er sie dabeihat. Eine Schachtel mit Crackern und eine Ecke Käse. Die Whiskyflasche und eine Ziplock-Tüte mit Schokokeksen. Er breitet alles wie ein Büfett auf dem Boden aus, tritt zurück und streckt die Hände aus: »Na?«

»Auf dich kann ich immer zählen«, sagt sie. Sie lächelt wieder, und sie ist Hazel so ähnlich, dass ich sie umarmen möchte. Ich möchte sie mit nach Hause nehmen und ihr etwas Besseres zu essen und einen warmen Platz zum Schlafen geben. »In ein paar Tagen sind sie ja sowieso wieder da. Auch mal schön, den Platz hier für mich allein zu haben.«

Wir essen zusammen auf dem Boden. Lyle und ich nehmen uns nur wenig und lassen Susan den größeren Teil. Wir teilen den Whisky durch drei, lachen und erzählen uns dumme Witze. In der Fabrik wird es langsam dunkler, aber das Feuer ist hell und warm, sodass ich sogar die Jacke ausziehe.

Lyle hat mir erzählt, dass er nach dem Tod seiner Eltern eine Weile hierherkam. Er war erst neun. Er hatte zwei Wochen bei den Ausreißern gelebt, bis Sayer ihn gefunden und herausgezerrt hatte.

Aber er hatte sie nie wirklich verlassen.

Er versorgt sie mit Essen und Alk, und ich weiß, dass sie neben Sayer seine eigentliche Familie sind. Es herrscht zwar ein reges Kommen und Gehen, aber alle Ausreißer sind gleich. Das hat er mir jedenfalls gesagt.

Als das letzte Stückchen Käse gegessen ist, rollt Susan sich in einem Dutzend verschiedener Decken zusammen und schläft sofort ein. Lyle und ich sitzen im Schneidersitz auf dem Boden und teilen uns die letzten paar Schlucke Whisky.

Ich habe ihn nicht hierhergebracht, um es ihm zu sagen, aber der Zeitpunkt ist so gut wie jeder andere. Ich nehme die leere Flasche in die Hand und drehe sie auf dem Boden, damit ich etwas zu tun habe. Als sie aufhört sich zu drehen, zeigt sie auf ihn, und er tut so, als wolle er mich küssen. Ich lache und stoße ihn weg. Aber dann verändert sich wohl mein Gesicht, und er hält inne und wartet, dass ich etwas sage.

»Hör zu«, fange ich an. Meine Hände zittern, deshalb setze ich mich darauf.

Ich habe das noch nie jemandem erzählt. Außer Alex, klar. Aber der zählt nicht.

Ich weiß nicht, wie ich es sagen soll.

Ich bin kein richtiger Mensch, Lyle.

Oder ich bin eigentlich kein richtiger Mensch.

Ich bin ein Schatten.

Ich bin eine Kopie.

Ich bin eine Fälschung.

Als ich klein war, habe ich davon geträumt, meinen eigenen Körper zu haben. Molly und ich sind gleich alt, und als wir vier und fünf und sechs Jahre alt waren, war das für mich völlig in Ordnung. Aber dann wurden wir sieben. Um den siebten Geburtstag herum, ich weiß nicht genau.

Da wollte ich auf einmal mehr.

Ich wollte allein sein. Ich wollte sein wie Molly, die nicht die ganze Zeit meine Stimme in ihrem Kopf hört.

Ich habe ihre immer gehört. Ich sah ihre Träume, und ich hörte ihre sieben Jahre alten Gedanken, und ich fühlte ihren Schmerz, und ich fühlte ihre Freude. Doch sie gehörten nicht mir. Es war nicht mein Glück, und es war nicht meine Traurigkeit, und ich wollte meine eigene.

Lieber wäre ich nicht geboren. Aber da ich nun einmal da war, wollte ich mehr.

Molly dachte nie darüber nach.

Sie ist diejenige, die mich geschaffen hat.

Sie hat sich aufgeteilt und mich von sich weggestoßen. Sie hat mich tief in ihr Inneres hineingestoßen, sodass sie mich nicht einmal mehr spürte.

Manchmal denke ich, dass sie ein verdammtes Miststück ist, aber ohne sie habe ich nichts.

Ohne sie kann ich nicht einmal durch einen Raum gehen.

»Mabel?«, sagt Lyle.

Ich glaube, ich weine. Ich weine fast nie. Es sind geborgte Tränen. Nicht einmal sie gehören mir. Ich wische mir die

Wangen ab und lache. Ein scharfes, stechendes Lachen, das wie ein Vogel durch die Fabrik schwirrt.

»Ich muss dir was sagen«, sage ich. »Und es ist wirklich verdammt merkwürdig.«

»Wie merkwürdig?«, sagt er.

»Weißt du noch, als ich dich kennengelernt habe?«, sage ich. »Das war das erste Mal, dass ich überhaupt jemanden kennengelernt habe.«

ZWANZIG

Der Tag, als ich Lyle kennengelernt habe. Der Tag. Molly geht an diesem Tag zur Schule.

Sie geht zur Schule. Sie besteht einen Test nicht. Sie vergisst einen Aufsatz auf ihrem Bett. Sie streitet sich mit Luka wegen einer blöden Kleinigkeit, wegen einer Party, zu der sie seiner Meinung nach gehen soll. Sie bekleckert sich ihr T-Shirt mit Tomatensoße.

Das T-Shirt ist weiß. Und neu. Sie will den Fleck auf der Toilette auswaschen, aber er wird nur größer und wässriger. Sie verbringt sechs Minuten heulend auf der Toilette. Sie ist zu spät in Gesundheitslehre. Heute ist Wiederbelebung dran.

Sie fährt mit Clancy zu Hazels Schule. Sie warten auf dem Parkplatz auf Hazel. Sie fährt ihren Bruder und ihre Schwester nach Hause und verschwindet in ihrem Zimmer. Dort weint sie wieder und denkt – ich höre sie, ich höre alles –, sie denkt: Ich kann nicht mehr auf dieser Welt leben. Ich kann nicht mehr auf diesem Planeten leben. *Ich kann es ver-*

dammt noch mal einfach nicht. Ich kann es einfach nicht. Ich kann es nicht.

Clancy betritt ihr Zimmer. Er möchte, dass sie ihn zu seinem Freund fährt.

»Weinst du?«, fragt er. Er steht in der Tür und betrachtet sie auf ihrem Bett. Sie wischt sich die Wangen ab, steht auf, dreht ihm den Rücken zu und zieht ihre Decke glatt.

»Geh raus, Clancy.«

»Alles in Ordnung mit dir?«

»Clancy, raus. Bitte geh raus.«

»Ich brauche bloß jemanden, der mich fährt«, sagt er. »Kannst du mich zu Tom bringen?«

»Bitte, bitte, bitte«, sagt sie. »Bitte geh raus. Bitte, bitte geh raus.«

Sie schlägt die Hände vors Gesicht. Er steht in der Tür. Sie dreht sich um, und jetzt sieht sie nicht mehr traurig aus, sondern wütend.

»Molly, es sind nur ein paar Straßen. Du brauchst nur drei Minuten.«

»Geh zu Fuß«, sagt sie. »Du kannst zu Fuß gehen. Ich hab keine Zeit.«

»Was machst du? Warum hast du keine Zeit?«

»Ich hab keine Zeit.«

»Es ist kalt draußen. Ich will nicht zu Fuß gehen. Du brauchst nur …«

»Verdammt, Clancy! Nein! Okay? Nein! Du hast mich gefragt und ich habe Nein gesagt!«

»Was zum Teufel ist dein Problem?«, fragt er. Er fragt es

nicht wütend. Er fragt es eher wie: *Im Ernst. Was ist eigentlich dein Problem, Molly?*

»Raus!«, schreit sie.

Sie durchquert das Zimmer und stößt ihn hinaus. Ich beobachte alles. Ich weiß nicht, was sie tut, ich weiß nur, dass sie anders ist. Irgendwas ist anders. Irgendwas hat sich verändert. Ihr Körper fühlt sich kalt an und zittrig und mir ist schlecht. Ich glaube, sie muss sich womöglich gleich übergeben. Ich denke: *Beruhige dich, Molly. Im Ernst! Beruhige dich einfach.*

Sie will die Tür zuschlagen, aber Clancy stellt den Fuß dazwischen.

»Mach die verdammte Tür auf, Molly!«, schreit er. Er drückt gegen die Tür, und sie tritt mit dem Fuß gegen seinen Fuß, aber er ist stärker. Die Tür fliegt nach innen und knallt gegen die Wand. Molly stolpert nach hinten und stößt mit der Hüfte gegen die Ecke ihres Schreibtisches. Ich spüre ihren Schmerz wie meinen eigenen. Unser Schmerz. Tränen schießen ihr in die Augen. Sie sieht alles nur noch verschwommen.

Sie stehen einander direkt gegenüber. Molly zittert. Ich spüre, wie sie zittert.

»Du mich auch.« Clancy schaut sie an.

Und dann ist sie ganz anders. Sie ist wieder still. Ruhig. Sie atmet.

Und sie sagt: »Hast du dich jemals gefragt, wie es ohne mich wäre?«

Und er antwortet: »Nein, im Ernst, Molly. Du bist ein Arschloch. Fick dich.«

Und sie sagt: »Denn eines Tages wirst du es herausfinden.

Vielleicht wirst du dich eines Tages an dieses Gespräch erinnern. Du wirst dich erinnern und du wirst denken …«

Nein, nein, nein, nein.

Nein, warte.

Etwas stimmt nicht. Irgendwas läuft falsch. Irgendwas gerät hier aus den Fugen. Irgendwas sehr Zerbrechliches ist kaputtgegangen. Eine Saite ist gerissen.

»Wovon sprichst du?«, sagt Clancy.

»Keine Sorge. Ohne mich seid ihr besser dran«, sagt Molly.

Sie stürmt an ihm vorbei.

Die Tabletten sind unter dem Toilettentisch ihrer Eltern. Er folgt ihr nicht. Sie steckt sie in ihre Handtasche und geht hinunter. Dort nimmt sie eine Flasche Wasser aus dem Kühlschrank, schlägt die Haustür hinter sich zu, rennt durch den Garten zu ihrem Auto und fährt penibel genau die vorgeschriebene Höchstgeschwindigkeit. Ihre Hände auf dem Lenkrad sind weiß, aber sie zittern nicht. Und ihr Geist – ihr Geist ist so ruhig, dass es sich für mich anfühlt, als wäre sie gar nicht mehr da. Ich höre nicht einmal, wie sie denkt, sonst höre ich sie immer denken. Ich höre immer, wie sie denkt. Aber jetzt ist es, als wäre ich allein in ihrem Körper und würde einfach zuschauen, wie uns jemand irgendwohin bringt, wo ich noch nie gewesen bin. Auch Molly war noch nie hier. Ich kenne diesen Ort nicht.

Es ist der 26. Oktober. Ein Freitag.

Sie fährt zu der Fabrik und parkt auf dem leeren Parkplatz. Sie steigt aus, bleibt kurz stehen und schaut an dem Gebäude hinauf. Ich weiß immer noch nicht, was sie denkt, aber ich habe Angst. Zum ersten Mal in meinem Leben habe ich Angst vor ihr. Ich weiß nicht, was sie vorhat. Ich weiß nicht, was sie plant.

Sie geht hinein. Sie geht an den Obdachlosen vorbei und den Junkies, und sie findet das Feuer, das nie ausgeht. Die Ausreißer schauen nicht mal auf.

Sie dringt tiefer in das Gebäude vor und dann spüre ich sie wieder. Ich spüre sie auf einmal wieder und sie ist glücklich. Total glücklich. Es ist ein merkwürdiges, taumelndes Glück, das pulsierend durch ihren Körper strömt und sich in ihren Fingern und ihrer Nasenspitze festsetzt. Und da ist noch etwas. Erleichterung. Da ist Erleichterung. Da ist Stille. Und da ist vollkommene Ruhe.

Sie findet einen kleinen, verlassenen Raum.

Und dort bleibt sie stehen.

Sie setzt sich auf den Fußboden, zieht die Wasserflasche aus ihrer Handtasche und stellt sie vor sich hin. Dann nimmt sie das Röhrchen mit den Schlaftabletten und legt es auch vor sich hin, und da denke ich … *oh.*

Oh, wie konnte ich nur so blöd sein?

Sie lehnt sich zurück, an die Wand, und ich kann sie wieder hören. Ich höre, was sie denkt, und sie denkt … Sie fragt sich: Wie lange dauert es, bis ich tot bin?

Geht es schnell?

Tut es sehr weh?

Sie öffnet das Röhrchen mit den Tabletten und kippt sie sich in die Hand.

Es wird leicht sein, denkt sie. Einfach. Ich werde einfach einschlafen.

Und ich denke ... Ich denke, ich frage mich, was aus mir geworden wäre, wenn ich normal wäre. Ich meine, wenn ich nicht eine Teilpersönlichkeit wäre. Wenn ich nicht diesen Körper mit ihr teilen müsste. Mit Molly.

Es ist nicht leicht.

Jeden Tag wache ich auf, wenn Molly aufwachen möchte. Jeden Tag gehe ich schlafen, wenn Molly müde ist. Ich trage die Kleider, die Molly tragen möchte. Ich frisiere meine Haare, wie Molly ihre Haare frisieren möchte.

Die Filme, die ich schaue. Die Bücher, die ich lese.

Aber so wenig Leben ich auch bekomme, ich mag es.

Und jetzt will sie mir alles kaputt machen.

Nein. Das erlaube ich ihr nicht.

Ich erlaube es ihr nicht.

Sie schraubt die Wasserflasche auf und hält die Tabletten in der Hand und überlegt, ob sie sie einzeln in den Mund stecken soll oder alle zusammen.

Und auf einmal bin ich es ...

Ich bin es.

Ich bin es und nicht Molly.

Ich bin es. Ich habe die Tabletten in der Hand und ich weiß nicht, wie lange ich dort sitze und sie einfach in der Hand halte, aber ich kann mich nicht bewegen. Es ist so lange her. Es ist so lange her, dass ich herausgetreten bin und es ist, als hätte ich vergessen, wie ich meinen Körper bewegen kann. Unseren Körper.

Meinen Körper.

Ich weiß nicht, wie lange ich dort sitze, aber dann hockt sich jemand mir gegenüber hin.

Ein Junge. Er isst ein Tomaten-Käse-Sandwich. Er nimmt einen großen Bissen von dem Sandwich und hält es dann mir hin und fragt: »Magst du mal?«

Und da fange ich an zu weinen.

Er streckt die Hand aus, mit der Handfläche nach oben, und ich lasse alle Tabletten hineinfallen. Dann nimmt er mir das leere Tablettenröhrchen weg, benutzt seine Hand als Trichter und füllt die Tabletten zurück in das Röhrchen.

Er nimmt die Wasserflasche, hält sie hoch und sagt: »Was dagegen?« Ich schüttle den Kopf und er nimmt einen großen Schluck. »Danke.« Und dann sagt er: »Wie heißt du?«

Und ich sage: »Mabel.«

Das ist das erste Mal, dass ich mich jemals jemandem vorgestellt habe.

Es ist das erste Mal, dass ich meinen Namen gegenüber einem Fremden laut ausgesprochen habe.

Und er sagt: »Mabel, ich bin Lyle. Freut mich, dich kennenzulernen.«

Und ich sage: »Ich wollte es nicht tun.«

Und er sagt: »Oh. Okay.«

Und ich sage: »Nein, wirklich. Ich wollte es nicht tun. Ich habe sie daran gehindert. Ich habe ihr das Leben gerettet.«

Und ich denke: Eines Tages werde ich dir das erklären. Eines Tages werde ich dir erklären, was ich meine.

Aber jetzt. Jetzt bin ich einfach so glücklich. Jetzt bin ich am Leben. Jetzt bin ich hier. Jetzt habe ich Molly das Leben gerettet. Denn sie hätte es getan. Sie wollte es tun.

Ich habe sie gehört und sie wollte es tun.

In der Küche schäle ich eine Orange und esse sorgsam und bedächtig ein Stück nach dem anderen.

Draußen ist es dunkel.

Mabel ist gerade still.

Ich spüre sie immer noch nicht.

Dieser Tag. Dieser Tag.

Ich erinnere mich an diesen Tag.

Ich meine, jetzt erinnere ich mich an diesen Tag.

Vorher habe ich mich nicht erinnert.

Da war alles schwarz.

Noch ein schwarzes Loch in einem Jahr voller schwarzer Löcher.

Ich habe mich an den Streit mit Clancy erinnert. Und ich habe mich daran erinnert, dass ich die Tabletten mitgenommen habe. Ich habe mich sogar daran erinnert, wie ich ins Auto gestiegen bin, aber …

Das war alles. Danach kam nichts mehr.

Aber jetzt …

Jetzt ist alles da.

Ich bin zu der Fabrik gefahren. Ich saß mit den Tabletten in der Hand da und wollte sie mir in den Mund stecken. Ich hatte beschlossen, dass ich sie alle auf einmal nehme. Steck sie alle auf einmal in den Mund und dann schluck sie mit dem Wasser runter. Ich hatte mich entschieden. Ich wollte es tun.

Stunden später wachte ich auf. Drei Stunden, vier Stunden. Ich saß auf meinem Bett. Ich saß im Schneidersitz auf meinem Bett und hatte meine Hausaufgaben vor mir ausgebreitet. Eine Hausaufgabe in Geschichte war fast fertig.

Ich war hier. Ich war am Leben. Ich war immer noch irgendwie am Leben.

Meine Eltern kamen in mein Zimmer.

Mein Vater schwieg und stand an der Tür. Meine Mutter hatte geweint. Ich sah es. Ihre Augen waren rot.

Sie sagte: »Molly. Hazel hat uns erzählt, was du gesagt hast.«

Und: »Hast du wirklich dieses Gefühl? Meinst du das wirklich?«

Und: »Wie kannst du nur so fühlen?«

Ich war schrecklich durcheinander. Ich wollte sie fragen: Mom, wie bin ich hierhergekommen? Wo bin ich gewesen? Wie viel Uhr ist es, und wo bin ich in den letzten paar Stunden gewesen, und ja. Ja klar, habe ich es so gemeint. Ich will sterben und ich habe es versucht. Ich habe es wirklich versucht, aber irgendwie bin ich wieder hier gelandet.

Am nächsten Tag baten sie mich, im Buchladen auszuhelfen. Wir stiegen in den Minivan. Sie brachten mich zu Alex' Praxis.

Er sagte: »Sag Alex zu mir. Ich sag Molly zu dir.«

Und: »Fühlst du dich manchmal so ganz ohne Hoffnung?«

»Fühlst du dich manchmal verloren?«

»Hast du manchmal das Gefühl, es lohne sich nicht? Nichts lohne sich? Überhaupt nichts?«

Ich sagte: Ja. Ja, ja zu dem Ganzen. Ja zu allem. Ja, ja, ja.

EINUNDZWANZIG

Ich frage mich, inwieweit sie mir ähnlich war.

In manchen Nächten lag sie weinend unter der Decke, die wir uns teilten, und fragte sich, warum leben und atmen und duschen und Zähne putzen und Haare kämmen so verdammt schwer ist. In manchen Nächten zwängten die Wände sie ein, bis ihr Schädel zerbrach und ihr Gehirn zusammengepresst wurde und ihr die Erinnerungen aus den Ohren quollen. In manchen Nächten dachte sie, wenn ich doch nur den Mut hätte, es zu tun. Wenn ich nur den Mut hätte, ein ganzes Röhrchen Tabletten zu nehmen, würde es mir gut gehen. All diese Leute wären ohne mich besser dran.

Ich frage mich, inwieweit wir gleich sind und worin wir uns unterscheiden.

Aber ich schätze, ich weiß es schon.

Wir unterscheiden uns, weil sie die Tabletten nicht genommen hat.

Sie hat die Tabletten nicht genommen. Sie hat sie in der

Hand gehalten, und ich habe ihre Dankbarkeit gespürt, diesen Strom von *Glück,* diesen Rausch von Farben, als sie unseren Körper übernahm und als sie …

Als sie mir das Leben gerettet hat.

Sie hat mir das Leben gerettet.

Und dann Lyle. Sie hat Lyle die Tabletten gegeben. Ich glaube, sie hat ihm das Gefühl gegeben, dass er sie gerettet hat. Ich glaube, er dachte immer, er hätte sie gerettet, obwohl sie es ihm gesagt hat. Obwohl sie versucht hat, es ihm zu erklären: Nein, du Dummkopf, nicht du. Ich war es. Ich war es die ganze Zeit.

Und jetzt ist sie wahrscheinlich weg.

Wahrscheinlich ist sie weg.

Oben nehme ich die Fotos aus dem Schuhkarton und hänge sie in chronologischer Reihenfolge an meine Wand. Mabel als Baby. Mabel als Krabbelkind. Mabel beim Schmücken des Weihnachtsbaums. Mabel auf dem Fahrrad.

Es ist jetzt so offensichtlich.

Dieses kleine Mädchen, das bin nicht ich. Das bin ich überhaupt nicht.

Und ich denke, sie ist weg, aber dann ist sie auf einmal nicht mehr weg.

Sie ist immer noch da.

Sie muss mir noch mehr zeigen.

Im Notarztwagen bricht Mabel wie eine Welle aus mir heraus, und Lyle weiß, dass sie es ist, aber er stirbt, und alles, was er noch tun kann, ist, den Blick auf sie zu richten und sie anzuschauen.

»Lyle«, sagt sie, »was zum Teufel hast du getan?«

»Tut mir leid«, sagt er.

»Du darfst nicht sterben«, sagt sie. »Du bist mein bester Freund. Du kannst mich nicht verlassen.«

»Du wirst Sayer haben«, sagt er. Und noch im Angesicht des Todes ist seine Stimme voller Bitterkeit.

»Du darfst jetzt nicht …«, sagt sie. Er hat sie bisher erst einmal weinen gesehen und ihr Weinen besänftigt ihn.

»Es tut mir leid«, sagt er. »Ich wollte dich einfach sehen.«

»Stirb nicht«, flüstert sie. »Du darfst nicht sterben, okay?«

Sie wollen ihm einen Schlauch in den Mund stecken, aber er stößt sie weg. Er sagt: »Ich war so glücklich, dass ich dich kennengelernt habe.«

Sie kämpfen um sein Leben.

Im Krankenhaus ruft sie mit Lyles Handy Sayer an und sagt: »Sayer. Es hat einen Unfall gegeben. Ich ruf dich in ein paar Minuten noch einmal an, aber das werde dann nicht ich sein. Sag nicht Mabel zu mir.«

Als Sayer im Krankenhaus ankommt, tritt sie wieder heraus, und sie sitzen Arm in Arm in dem separaten Warteraum, und dann bittet sie um das Beruhigungsmittel. Sie spürt, wie ich mich aus ihrem Inneren herauswinden will, aber sie weiß, dass das alles zu viel für mich ist. Das Blut und der Junge auf dem Motorrad und mein Pullover. Es ist Mabel, die um das Beruhigungsmittel bittet.

Dann auf dem Friedhof.

Lyles Beerdigung.

Sie senken Lyles Leichnam in die Erde und Mabel nimmt Sayers Hand. Er umarmt sie und weint, und als er fertig ist mit Weinen, sagt sie: »Ich kann das nicht mehr.«

Und ich glaube, er hat es immer gewusst. Denn er wirkt nicht überrascht.

»Du solltest sie kennenlernen«, sagt sie. Sie hält seine Hand. »Ich werde nicht sauer sein. Sie ist eigentlich wie ich. Wir sind fast genau gleich.«

»Ich will dich«, beharrt er und will sie dichter an sich heranziehen.

»Du hast mich nie richtig gehabt«, sagt sie. »Nur einen kleinen Teil, den Molly dir geliehen hat.«

»Ich hatte dich«, sagt er. »Du bist du. Mabel, ich liebe dich.«

»Du wirst sie auch lieben. Du wirst ihr guttun. Du bist freundlich.«

Dann in Alex' Praxis. Mabel übernimmt lustlos, breitet sich in meinem ganzen Körper aus, als ob sie wisse, dass sie es besser genießen sollte, weil es das letzte Mal sein könnte.

»Hi, Alex«, sagt sie. Sie kommen jetzt besser miteinander aus.

»Hab mir gedacht, dass ich dich sehen würde.«

»Ich habe gute Nachrichten«, sagt sie.

»So?«

»Es ist fast so weit.«

»Was hat dich zu dem Entschluss gebracht?«

»Molly. Es ist immer Molly.«

»Wie willst du es tun?«

»Sie wird dir alles sagen.«

»In Ordnung, Mabel. Ich vertraue dir.«

»Das hast du schon einmal gesagt.«

Sie lächelt, aber es ist nicht echt. Es ist kein echtes Lächeln.

»Alles in Ordnung mit dir?«, fragt er.

Seit Lyles Tod sind sechs Tage vergangen.

»Ob alles in Ordnung ist«, wiederholt sie. Für einen Augenblick verschwimmt alles vor ihren Augen und sie atmet tief in geborgte Lungen ein. »Eigentlich nicht.«

Sie geht heim. Sie tut so, als wäre sie ich. Nur Hazel bemerkt es. Sie zwinkert ihr zu und Mabel zwinkert zurück.

In meinem Zimmer zieht sie ein Blatt Papier hervor. Sie setzt sich an meinen Fensterplatz, zieht die Beine an und schreibt sehr langsam. Sehr ordentlich.

Dann steht sie auf. Sie hebt eine Ecke unserer Matratze an und schiebt das Papier darunter.

Sie geht durch das Haus wie ein Geist. Manchmal denkt sie, sie wäre besser dran, wenn sie keinen Körper hätte. Besser dran, wenn sie schweben könnte und dünn und unsichtbar wäre.

Unten trifft sie Hazel, die auf der Couch sitzt und fernsieht. Sie setzt sich neben sie und legt ihr die Hand auf die Schulter.

»Was ist los, Mabel?«, sagt Hazel.

»Sag ich dir später.«

»Magst du auch fernsehen?«

»Ja. Sie muss Alex anrufen, wenn sie aufwacht. Erinnere sie daran.«

»Mach ich.«

Sie waren immer Schwestern gewesen.

Und wenn sonst niemand ihren Namen kannte, war da immer noch Hazel.

In meinem Zimmer betrachte ich die Fotos von Mabel.

Es ist fast, als würde ich in einen Zerrspiegel schauen. Das Gesicht im Spiegel ist zugleich so ähnlich und so verzerrt.

Wenn ich ihr Gesicht betrachte, kann ich sie fast spüren.

Ich stehe auf und strecke die Beine. Hebe die eine Ecke der Matratze an und taste, bis ich es finde. Das gefaltete Stück Papier.

Ich setze mich an den Fensterplatz, wo sie geschrieben hat.

Ich kann sie fast spüren. Aber sie geht. Sie verschmilzt wieder mit mir. Versiegelt die Risse, die sich zwischen uns aufgetan haben. Macht uns ganz.

Molly,

ich weiß nicht, wie ich anfangen soll.

Es fühlt sich eigenartig an, das hier zu schreiben. Fast, als würde ich einen Brief an mich selbst schreiben.

Lange Zeit dachte ich, wir könnten unseren Körper einfach weiterhin teilen, so wie wir es ewige Zeiten lang gemacht haben. Als wir Kinder waren, lernte ich, mich selbst Molly zu nennen. Ich spielte mit deinem Bruder und deiner Schwester und sie waren auch mein Bruder und meine Schwester. Deine Mom und dein Dad waren meine Mom und mein Dad. Ich bin dir sehr ähnlich, Molly, und ich habe gelernt, mich auf unsere Gemeinsamkeiten zu konzentrieren. Ich war sehr gut darin, mich zu verhalten wie du.

Und das war eigentlich auch in Ordnung für mich. Ich konnte es akzeptieren, ein Leben in deinem Schatten zu führen. Weil es bedeutete, dass ich überhaupt ein Leben hatte.

Ohne dich wäre ich nichts.

Das weiß ich.

Und dann hast du irgendwie alles kaputt gemacht.

Tut mir leid, aber das ist die Wahrheit.

Du warst so traurig. So habe ich das wenigstens verstanden. Und du konntest keinen Grund für deine Traurigkeit ausmachen, deshalb wusstest du nicht, wie du sie abstellen könntest. Du glaubtest, es gebe keinen anderen Weg. Deshalb hast du die Tabletten geklaut und bist zu der Fabrik gefahren. Ich erinnere mich an das Gefühl. Dieses Gefühl - dieses Glücksgefühl. Du warst so glücklich. Endlich wolltest du es tun.

Aber, Molly! Wo wäre ich geblieben? Wenn du gestorben wärest ...

... wäre auch ich gestorben.

Ich wollte aber nicht sterben.

Deshalb musste ich dich retten.

Und ich habe dich gerettet.

Ich habe dich gerettet, und ich habe Lyle kennengelernt, und ich habe bemerkt ...

Ich habe bemerkt, dass ich auch ein Leben haben konnte. Und ich wollte so gerne auch ein Leben haben. Also nahm ich deins. Ich nahm mir immer mehr von deinem Leben und dachte, das sei fair, weil du es ja nicht einmal wolltest. Du wolltest es loswerden. Du wolltest es wegwerfen.

Vielleicht ist mein Leben nicht viel. Aber es gehört mir. Und ich wollte es.

Und dann dachte ich, ich könnte dafür sorgen, dass es ihr besser geht. Dass es dir besser geht.

Deshalb habe ich Alex von mir erzählt.

Ich mag ihn.

Er hat uns nicht gezwungen, die Medikamente zu nehmen.

Es gibt Medikamente, mit denen du mich losgeworden wärst. Er hat mit ihnen gedroht, sicher, aber er hat uns nicht gezwungen, sie zu nehmen. Und ich habe ihm ein Versprechen gegeben: Ich sorge dafür, dass es ihr besser geht.

Ich habe ihm erzählt, wie ich dich gerettet habe, und ich habe ihn gebeten, mir einfach Zeit zu lassen.

Und das hat er getan. Die ganze Zeit über. Einmal im Leben hatte ich richtig Zeit.

Und ich hatte Lyle und Sayer.

Und das gefiel mir, aber ich wusste, dass es nicht für immer sein würde. Es würde nicht für immer funktionieren. Ich trat immer häufiger heraus und verliebte mich in Sayer. Ich tat all diese Dinge, bei denen ich dir jahrelang zugeschaut hatte.

Und dann starb Lyle.

Wir waren bei ihm, als er starb.

Verdammt, es war für mich so viel schwerer als für dich, Molly. Ich habe ihn geliebt. Wir waren Freunde gewesen.

Aber als er dann starb …

Ich glaube, da merkte ich …

... was ich hier eigentlich machte.

Ich versuchte nicht mehr, dir zu helfen.

Ich versuchte zu übernehmen.

Du hast ein großartiges Leben, Molly.

Ich habe mich immer gefragt, warum ich eigentlich da bin.

Normalerweise entwickeln sich Teilpersönlichkeiten nach einem Missbrauch.

Alex hat mir das gesagt. Er sagte mir auch, dass wir eigentlich nicht richtig in das Schema passen.

Aber ich glaube, inzwischen verstehe ich. Ich verstehe, warum du mich erschaffen hast.

Es fällt mir schwer, das auszusprechen. Ich betrachte mich nur ungern so, als wäre ich von jemandem erschaffen. Aber es stimmt.

Ich glaube, du hast mich erschaffen, damit ich dir helfe.

Du hättest dich umgebracht. Und damals dachte ich, ich würde mich selbst retten, aber eigentlich habe ich dich gerettet. Den Menschen, der mir wichtiger ist als ich selbst. Wahrscheinlich hatte ich eigentlich nie eine Wahl, aber am Ende habe ich es gern getan.

Also Molly, sei aufrichtig. Sei glücklich.

Du verdienst es, ganz zu sein.

Du verdienst es, dich zu erinnern.

Und du verdienst es zu leben.

Mabel

Ihre Handschrift ist anders als meine.

Kleiner, saubere Buchstaben mit sorgfältigen, geraden Strichen. Die Art und Weise, wie sie meinen Namen schreibt, ist ganz anders, als ich meinen Namen schreibe.

Ich halte den Brief in der Hand und weiß, dass sie für immer weg ist.

Ich habe nicht das Gefühl, als hätte mich etwas verlassen.

Ich habe sie nie in mir gespürt, aber ich dachte, ich wäre wenigstens in der Lage, ihre Abwesenheit zu erkennen. Eine Art von Leere in dem Raum, den sie besetzt hatte. Ich suche im Spiegel Züge in meinem Gesicht, die dem Mädchen auf den Fotos ähnlich sind, aber ich finde nichts. Sie ist weg.

Es ist wie bei eineiigen Zwillingen. Wenn man weiß, worauf man achten muss, sind sie nicht mehr identisch.

Ich habe nur noch, was sie mir hinterlassen hat: die Fotos. Den Brief. Die Erinnerungen. Sayer.

Alles, was sie vor mir verborgen hat.

Alles, was ihr gehörte und nicht mir.

Alles an mich abgetreten.

Das letzte Schuldeingeständnis halte ich in der Hand. Meine Hände zittern. Mabels Brief brummt wie der Motor eines Motorrads.

Die Fabrik.

Lyle.

Ich erinnere mich, wie ich die Tabletten in der Hand habe. Und ich erinnere mich, wie ich sie Lyle gebe, als ob tatsächlich ich es getan hätte.

Sie hat mir meinen Tod weggenommen. Meinen Selbstmord. Sie ist jetzt weg, aber ich muss bleiben und hier ohne sie leben.

Was wäre geschehen, wenn sie an diesem Tag nicht in der Fabrik aufgetaucht wäre?

Ich hätte die Tabletten genommen.
Ich hätte es wirklich getan.
Und das zu wissen …
Das ist ein verdammt schreckliches Gefühl.

ZWEIUNDZWANZIG

Gute Tage, schlechte Tage und – in den meisten Fällen – Tage, die irgendwo dazwischenliegen.

Manchmal ist es leicht, und manchmal ist es unmöglich, und manchmal gehe ich den Flur zwischen dem Bad und meinem Zimmer hinunter und habe keine Ahnung, wie ich hierhergekommen bin. Ich habe keine Ahnung, wie ich hier gelandet bin. Ich habe keine Ahnung, wie das vonstattengeht, dass ich jeden Tag aufwache und aufstehe, dusche, mir die Zähne putze und einen Fuß vor den anderen setze.

Manchmal kann ich mich irgendwie nicht erinnern. Manchmal tue ich etwas, all das, was ich tun soll, aber innen drin funktioniere ich nur notdürftig. Ich schaffe es gerade noch. Ich tue nur so, als ob. Ich täusche es nur vor, *dieses Leben,* und eines Tages wird mich jemand anschauen und es erkennen, und dann sperren sie mich vielleicht irgendwo ein, weil ich all das nicht verdiene. Mabel ist weg, aber ich glaube, sie hätte bleiben sollen. *Ich* hätte mich auflösen und verschwinden, in die Tiefen unseres Körpers hinabsinken sollen, in einen kleinen Winkel, wo niemand mich jemals finden würde. Dann hätte sie Sayer zurückhaben können. Sie ist glücklicher, als ich es bin. Sie verdient all das viel mehr als ich.

Eins nach dem anderen nehme ich die Fotos ab und lege sie zurück in den Schuhkarton. Den Brief lege ich zuoberst, schließe den Karton und schiebe ihn unter mein Bett. Nicht gerade ein feierliches Begräbnis, aber ich weiß nicht, was ich sonst damit machen soll.

Ich kann nur an eines denken, an eine Szene, die sich immer und immer wieder in meinem Kopf abspult: wie ich in der Fabrik sitze. Ich habe Mabel damals gespürt. Ich habe sie gespürt wie eine zitternde Feder, und sie hat mich beobachtet: Molly, bitte tu es nicht. Bitte, bitte, tu es nicht. Ich sehe die Tabletten in meiner Hand und ich spüre diesen Augenblick. Ich erkenne den Augenblick, bevor ich es tue, bevor ich es tun *will,* und in diesem Augenblick übernimmt Mabel. Es ist das erste Mal, dass sie es so getan hat. Sie war immer da gewesen, aber diesmal hat sie zum ersten Mal etwas so zielstrebig getan. Sie hat zusammen mit meiner Familie einen Weihnachtsbaum geschmückt, und sie hat zusammen mit Hazel ferngesehen, und sie ist in unserer Einfahrt Fahrrad gefahren, aber sie hatte sich immer still verhalten. Sie war immer unbemerkt geblieben.

Jetzt spüre ich sie. Ich erinnere mich. Ich erinnere mich an ihre Entscheidung. Sie hat mir das Leben gerettet und im Gegenzug hat sie mir ein Jahr genommen. Jetzt ist sie weg, aber ich möchte, dass sie zurückkommt.

Es ist zu schwer. Und es ist zu viel. Ich habe das nie gewollt und außerdem …

… warst du so viel besser darin.

Du warst glücklicher. Du warst hübscher. Du warst größer. Die Art, wie du deine Schultern hieltest, und die Art, wie du meinen Namen schriebst.

Am Mittwochmorgen bin ich früh in der Schule. Erie und Luka warten an meinem Schließfach auf mich.

Erie macht ein finsteres Gesicht, als sie mich sieht.

Ich war ihnen aus dem Weg gegangen.

Montag und Dienstag habe ich so getan, als wäre ich krank. Ich habe so getan, als hätte ich Halsschmerzen, nur damit ich nicht mit ihnen reden musste.

Aber jetzt macht Erie ein finsteres Gesicht, und Luka grinst, und ich muss mir sagen: Molly, das sind deine Freunde. Das sind deine Freunde und du musst jetzt mit ihnen reden.

»Hi«, sagt Luka, als ich nah genug bin.

Eries Gesicht verfinstert sich noch mehr.

Ob ich weiß, wie viele Nachrichten sie mir gestern geschickt hat, Molly?

Muss man mir erst beibringen, wie man ein Handy bedient, Molly?

Sie würde es mir gern zeigen. Wirklich. Gar kein Problem.

»Tut mir leid«, sage ich. Luka tritt hinter mich und schlingt die Arme um meine Schultern. Sein Kinn ruht auf meinem Kopf.

»Du kommst mir ein bisschen merkwürdig vor«, sagt er. »Bist du merkwürdig?«

»Mir geht's gut.«

»Dir geht es offensichtlich nicht gut«, widerspricht Erie.

»Doch, mir geht's gut.«

»Willst du nicht mal wissen, was so wichtig war?«, sagt sie.

»Was war für wen so wichtig?«

»Für *mich,* Molly. Was für *mich* so wichtig war.«

»Doch, klar. Was war so wichtig für dich?«

»Ich wollte dir nur sagen, dass ich mich von Paul getrennt habe.«

»Paul?«, sage ich. »Wer zum Teufel ist Paul?«

Sie beugt sich näher zu mir und flüstert es mir wie ein Geheimnis ins Ohr.

»Carbon.«

»Ich wusste ja, dass das nicht sein richtiger Name ist«, sagt Luka. »Habe ich es nicht immer gesagt, Molly? Habe ich nicht immer gesagt, dass das nicht sein richtiger Name ist?«

»Er war ein bisschen daneben.« Dann fällt ihr ein, dass sie ein finsteres Gesicht machen sollte, und sie schaut mich an: »Ehrlich gesagt hätte ich eine Freundin brauchen können, aber gewisse Leute wissen ja nicht, wie man ein Handy bedient.«

»Ich weiß, wie man ein Handy bedient«, sagt Luka.

»Nicht du, Luka.« Sie verdreht die Augen.

Ich suche es. Ich wühle in meinem Rucksack, bis ich mein Handy fühle. Ich ziehe es heraus und hebe es hoch, damit sie es sehen kann.

Leer. Ich triumphiere. Der Akku ist leer.

Erie schüttelt traurig den Kopf. Sie ist sprachlos. Sie wird nie verstehen, wie jemand den Handy-Akku nicht aufladen kann.

Luka löst sich von mir und lehnt sich gegen mein Schließfach. Er legt Erie eine Hand auf die Schulter.

»Komm, komm«, sagt er. »Sieh die Sonnenseite.«

»Jetzt musst du dir keine Freundin suchen?«, vermutet Erie.

»Genau.«

»Was ist mit dir?« Erie wendet sich wieder an mich. »Was ist mit Sayer?«

Ich will gerade antworten, als sie mich unterbricht. Sie legt mir die Hand auf die Wange und pikt mich mit dem Zeigefinger. Luka schaut sie an und dann mich, dann schaut er zurück zu ihr und dann wieder zu mir, und dann verändert sich etwas in seinem Gesicht.

»Was?«, frage ich. »Was ist?«

»Luka hat recht. Du siehst merkwürdig aus. Irgendwas ist anders«, sagt Erie.

Ach so.

»Ach so?«

»Ja. Ich hab's ja gesagt«, bekräftigt Luka.

»Und wie … anders?«, will ich wissen.

»Ach, Molly«, sagt Erie.

»Was?«, sage ich.

»Du brauchst nichts zu sagen«, sagt Erie.

»Oh«, sage ich.

Erie zuckt die Achseln. Luka legt mir eine Hand auf den Kopf, es klingelt, und sie lassen mich alleine stehen. Vielleicht, keine Ahnung, vielleicht merken sie es. Vielleicht wissen sie, dass sie weg ist. Aber vielleicht wissen sie auch einfach, dass ich manchmal allein sein möchte. Manchmal ist es einfach …

Manchmal ist es mir einfach unmöglich.

Es ist mir unmöglich, mit Menschen zu reden.

Mabel konnte das besser als ich.

Ich lehne mich an mein Schließfach.

Der Gang leert sich.

Und als ich ihn in der Nähe des Wasserspenders sehe, kapiere ich es.

Ich lebe in einer Kleinstadt. Jeder kennt jeden. Deshalb weiß ich, dass Chris Jennings vor vier Jahren einen Schlauch an den Auspuff seines Autos angeschlossen und ihn durch das verklebte Fenster ins Wageninnere gelegt hat.

Brets Bruder.

Er war damals im ersten Jahr auf dem College gewesen.

Ich habe vorher nie über ihn nachgedacht, aber ich habe es immer gewusst …

Ich habe immer gewusst, dass er mich eigenartig anschaut. Bret. Ich habe immer gewusst, dass ich mich in seiner Gegenwart merkwürdig gefühlt habe.

Ich habe keinen weiteren Gedanken an seinen Bruder verschwendet. Als es passierte, war ich noch auf einer anderen Schule.

Wir alle haben unsere Gründe, warum wir traurig sind.

Sie unterscheiden sich, aber irgendwo sind sie auch gleich.

Bret trinkt an dem Wasserspender, und als er sich wieder aufrichtet, stehe ich direkt hinter ihm.

»Hi, Molly«, sagt er.

»Hi, Bret«, sage ich.

»Alles klar?«

»Ja, danke. Du … Ich wollte dir sagen, dass mir das mit deinem Bruder leidtut. Es ist schon lange her, ich weiß. Aber ich glaube nicht, dass ich es dir jemals gesagt habe.«

Genauso gut hätte ich ihn schlagen können. Alle Farbe schwindet aus seinem Gesicht und kommt dann fleckig wieder. Er atmet vierzig Sekunden lang nicht. Ich zähle.

Aber dann umarmt er mich.

Es ist eine richtige Umarmung.

Er umarmt mich mitten auf dem Gang, und als er mich wieder loslässt, schaut er mich an, als wäre ich etwas Besonderes. Etwas, das man feiern muss. Keine Ahnung, ob es stimmt, aber es ist trotzdem ein angenehmes Gefühl.

»Ich habe Verschiedenes gehört«, sagt er. »Keine Ahnung, wie viel davon stimmt.«

»Wahrscheinlich alles«, sage ich lächelnd.

»Kann ich was tun? Irgendwas? Ich meine, geht es dir …«

Das ungesagte Wort ist *gut.*

Geht es dir gut, Molly?

Bist du noch traurig, Molly?

Wünschst du dir immer noch manchmal, dass alles einfach rasch und schmerzlos vorbei ist?

Ich lache und mein Lachen erfüllt den ganzen Gang: »Ich bin hier.«

Das ist so ungefähr alles, was ich sicher weiß. Ich bin hier. Ich bin am Leben. Ich habe nicht in einer schmutzigen, leeren Fabrik eine Handvoll Tabletten genommen. Ich werde niemals wissen, wie lange es gedauert hätte, bis ich tot bin. Ich werde niemals wissen, ob es wehgetan hätte. Ich bin hier.

»Das ist gut«, sagt er. Und er sagt es mit solchem Ernst, dass ich erröte. Es ist ein langes, langsames Erröten, das mein Gesicht in Brand setzt. Bret berührt mich an der Hand, und ich lächle, und dann zucke ich die Achseln.

Und dann sage ich: »Wir sehen uns.«

Und er sagt: »Ja, klar.« Er drückt meine Hand und geht weg. Ich schaue hinter ihm her, bis er um eine Ecke biegt und verschwindet. Und dann betrachte ich den Ort, wo er stand, und ich kann mir nicht vorstellen, nicht hier zu sein. Ich kann mir nicht vorstellen, nicht hier zu stehen. Manchmal wünsche ich mir, dass ich nie geboren wäre, manchmal habe ich das Gefühl, ich könnte nicht atmen, manchmal weine ich völlig ohne Grund, und manchmal kann ich nicht einschlafen, aber manchmal, zum Beispiel jetzt, kann ich mir nicht vorstellen, irgendetwas anderes zu fühlen als Dankbarkeit.

Auf dem Parkplatz vor Alex' Praxis sitze ich in meinem Auto und überlege, was ich sagen soll.

Was soll ich ihm sagen?

Ich stelle ihn mir in einer Sitzung mit einem anderen Patienten vor, wie er sich Notizen macht oder, die Hände im Schoß gefaltet, auf seinem Schreibtisch sitzt.

»Ich war dir gegenüber nie richtig ehrlich«, werde ich sagen. Genau das werde ich sagen.

»Ehrlich womit?«

Ehrlich mit allem. Mit meinen Gefühlen. Wie hoffnungslos alles zu sein scheint, wie meine Eltern die Migränetabletten verstecken mussten, damit ich nicht zu viele nehme. Ich werde ihm sagen, dass Mabel weg ist, und er wird fragen, wie sich mein Körper ohne sie anfühlt. Gibt es da jetzt mehr Raum? Habe ich das Gefühl, als ob zwei getrennte Teile meiner Persönlichkeit verschmolzen wären? Fühlst du dich irgendwie anders, Molly? Fühlst du überhaupt einen Unterschied?

Verdammt, Alex. Ich weiß es nicht.

Im Wartezimmer blättere ich Zeitschriften durch, bis der Mann vor mir herauskommt. Seine Augen sind rot und er schaut mich nicht an.

Ich warte die fünf Minuten, bis Alex den Kopf aus seinem Zimmer streckt. Er lächelt mich an.

»Hi, Molly«, sagt er.

»Hi, Alex.«

In seinem Sprechzimmer lässt er die Jalousien halb herunter, und ich warte, bis er sitzt, bevor ich anfange zu sprechen. Er setzt sich auf die Schreibtischkante und schaut mich an. Ich warte darauf, dass er es sagt. Ich weiß, dass er es sagen wird, denn er schaut mich zu lange an, die Augen fast zusammengekniffen, als ob er es herausfinden wollte.

»Ist sie ...«

»Ja«, sage ich.

»Geht es dir gut?«

»Ja«, sage ich. Ich überlege. »Nein.« Ich überlege noch einmal. »Irgendwie schon.«

Er lächelt. »Möchtest du darüber sprechen?«

»Ich verstehe nicht«, sage ich.

»Was verstehst du nicht, Molly?«

Es ist wie …

Manchmal schaust du Fernsehen und auf einmal kannst du nicht mehr fernsehen. Auf einmal kannst du nur noch in dein Zimmer gehen und die Tür schließen und dich im Dunkeln auf den Teppich setzen und die Hände vors Gesicht schlagen, damit deine Schwester dich nicht weinen hört.

Manchmal ist es unerträglich. Unmöglich.

»Ich weiß nicht, was mit mir los ist.«

Er nickt und sagt: »Erzähl mir von dem Tag.«

»Von welchem Tag?«, frage ich.

Aber ich weiß, welchen Tag er meint. Natürlich weiß ich es.

Deshalb sage ich: »Ich wollte es tun.«

Und er sagt: »Ich weiß.«

»Ich meine, ich wollte es wirklich tun. Ich wollte es tun. Manchmal …«

»Manchmal wünschst du dir …«

»Dass ich es getan hätte. Ja. Manchmal wünsche ich mir, ich hätte es getan.«

»Aber nicht immer?«

»Nicht immer.«

»Und wie ist es jetzt?«, will er wissen. »Wie fühlst du dich jetzt?«

»Jetzt?« Ich halte inne.

Wie fühle ich mich jetzt? Ich weiß, wie ich mich vor ein paar Minuten gefühlt habe, und ich weiß, wie ich mich gefühlt habe, als ich mit Bret gesprochen habe, aber ich weiß nicht, ob ich weiß, wie ich mich jetzt fühle.

Oder vielleicht weiß ich es doch. Vielleicht fühle ich …

»Ich fühle mich einsam«, sage ich. »Ohne sie. Ich fühle mich ohne sie einsam.«

»Warum?«, fragt er.

»Weil sie …«

Weil sie mir das Leben gerettet hat. Sie hat es nicht zugelassen, dass ich es tue. Sie hat die Tabletten weggegeben.

Alex beugt sich vor. Er berührt mein Knie. Ich schaue zu ihm auf.

»Du weißt schon … dir ist schon klar, Molly, dass du sie gemacht hast. Du hast sie erschaffen. Verstehst du, was das bedeutet?«

Ich verstehe, was es bedeutet, aber ich möchte hören, dass er es sagt, damit ich den Kopf schütteln kann. Ich schüttele den Kopf und warte auf ihn.

»Es bedeutet … dass du dich nicht einsam zu fühlen brauchst. Sie ist nicht wirklich irgendwohin gegangen. Und es bedeutet …«

»Es bedeutet irgendwo, dass es mir gut geht«, unterbreche ich.

Es bedeutet, dass ich irgendwo in meinem Innern nicht traurig bin. Irgendwo bin ich gesund. Irgendwo bin ich glücklich.

Es ist verborgen. Es ist verloren gegangen. Ich muss es nur finden. Ich weiß nicht, wie ich es finden kann, aber wenigstens weiß ich, dass es wirklich da ist. Es ist irgendwo in meinem Innern.

Ich muss es nur herausfinden.

Ich muss nur wissen, wo ich suchen soll.

Er lehnt wieder an meinem Auto, ohne Schirm, dafür mit einem Stapel spiralgebundener Notizbücher, die er mit beiden Händen hält. Mabels Tagebücher. Er streckt sie mir entgegen, als ich nah genug bei ihm bin, und ich nehme sie, schließe den Wagen auf und lege sie auf den Rücksitz.

»Du hast diese gruselige Angewohnheit, auf Parkplätzen aufzutauchen«, sage ich.

Sayer lacht. Er zuckt die Achseln. »Lass uns ein paar Schritte gehen.«

Er nimmt meine Hand und wir gehen die Straße hinunter. Unsere Autos lassen wir vor Alex' Praxis stehen.

Wir gehen die Straße hinunter zum Meer, folgen dem gewundenen Pfad, bis wir den weißen Strand erreichen.

Der Wind vom Wasser weht mir die Haare ins Gesicht und ich nehme sie in einem Pferdeschwanz zusammen. Sayer beobachtet mich. Er sucht immer noch nach Anzeichen von ihr.

Aber sie ist weg.

Sie muss weg sein, denn ich habe sie immer nur gespürt, wenn ich mit Sayer zusammen war. Ich habe gespürt, wie sie sich nach ihm gesehnt hat. Das Magnetgefühl, das ich mir nicht erklären konnte. Ich glaube, Sayer war der einzige Mensch, den sie jemals wirklich geliebt hat.

Und er muss sie auch geliebt haben, denn er sucht in meinem Gesicht nach ihr, und er nimmt meine Hand in seine Hand, als könnte er sie in meinen Fingern finden.

»Wie fühlt es sich an?«, fragt er.

Alle wollen wissen, wie es sich anfühlt, aber es fühlt sich überhaupt nicht an. Sie war da, und sie ist weg, und sie war niemals wirklich da, und sie wird niemals wirklich weg sein. Sie war ich, einfach ein Teil von mir, den ich nicht anerkennen wollte, ein Teil von mir, von dem ich nicht wusste, wie ich ihn erreichen soll.

Ich zucke die Achseln. »Ich vermisse Lyle.«

Keine Ahnung, warum ich an ihn denken muss. Außer dass sie sich so ähnlich sehen, die beiden Brüder, und wenn ich in dem schwindenden Licht am Strand die Augen zusammenkneife, sodass alles ein bisschen verschwimmt, könnte Sayer Lyle sein. Lyle könnte am Leben sein.

»Ja«, sagt Sayer. »Ich auch.«

Ich wachte in meinem Wagen auf, und ich wusste nicht, wie ich dorthin gekommen war, aber ich fuhr, und er folgte mir. Im Rückspiegel sah ich, wie er sich durch den Verkehr schlängelte, und ich sah, wie er über eine rote Ampel fuhr, und ich sah, wie der Lastwagen gegen sein Hinterrad prallte, und ich verlor ihn aus dem Blick, als er über mein Dach flog, und dann war er wieder direkt vor mir. Und etwas bewog mich, ihm den Helm abzunehmen, etwas bewog mich, seinen Kopf in meinem Schoß zu halten, etwas bewog mich, ihn zu halten, während er blutete und starb und mich bat, so zu tun, als ob.

»Tu wenigstens so«, hatte er gesagt. »Tu so, für mich.«

Irgendwas bewog mich, bei ihm zu bleiben, auch damals, als ich nicht wusste, wer er war.

»Hey«, sagt Sayer.

Wir gehen direkt am Wasser entlang. Es ist kalt und windig und ich schmiege mich an ihn. Er legt mir den Arm um die Schulter.

»Hey«, sage ich.

»Ich will dich nicht …«, fängt er an, hält dann aber inne. Ich löse mich von ihm, aber er schaut mich nicht an. Er schaut irgendwie an mir vorbei aufs Wasser hinaus.

»Was?«, will ich wissen.

»Ich will dich nicht wieder verlieren.«

Und ich will gerade sagen … Aber das war nicht ich. Sie war nicht ich. Ich bin nicht sie … Doch dann ist da eine Stimme in meinem Kopf und es ist nicht meine. Sie klingt wie ich und alle anderen auf der Welt würden sie für mich halten. Sie würden denken, dass ich es bin.

Aber ich bin es nicht. Ich bin es wirklich nicht. Ich bin es fast. Ich bin es zur Hälfte.

Es ist nur …

Manchmal bin ich so traurig, dass ich denke, mein Kopf zerspringt, und dann teile ich mich in zwei verschiedene Menschen auf. Dann verwahre ich meine ganze Traurigkeit in einem Teil von mir. Und all meine Glücksgefühle in einem anderen Teil.

Wir teilen einen Körper. Sie gibt sich einen Namen. Meine Schwester mag sie.

Sie zieht sich zurück, wenn sie denkt, dass ich bereit bin. Sie schreibt mir einen Brief. Gibt mir Anweisungen, wie ich ohne sie leben soll.

Du verdienst es, ganz zu sein.

Du verdienst es, dich zu erinnern.

Und du verdienst es zu leben.

Die Stimme in meinem Kopf sagt mir, dass er mir guttut. Sie sagt mir, dass er freundlich ist. Sie sagt mir, dass ich ihm diese eine Chance geben soll. Tu es einfach. Lass zu, dass du glücklich bist.

Es gibt diese Stimme, aber ich muss ihr nicht gehorchen. Ich kann sie abstellen. Ich muss ihr nicht mehr länger zuhören.

Ich kann diese Rolle selbst übernehmen.

DANK

Dieses Buch wäre ohne die Hilfe, die Ermutigung, die Anleitung und die Liebe sehr vieler Menschen niemals ein Buch geworden.

An allererster Stelle danke ich meinen Eltern. Sie hießen mich wieder zu Hause willkommen und verteidigten mich gegen alle, die meine Entscheidungen infrage stellten. Ohne ihre großzügige Unterstützung hätte ich dieses Buch niemals schreiben können.

Natürlich danke ich auch meinen Brüdern und meinen Schwägerinnen. Dank an Ric, dass er mir ein Zuhause in Brooklyn bot, als ich das Gefühl hatte, nirgendwo zu Hause zu sein, dass er mir immer zu essen gab und mir die *Chroniken von Narnia* kaufte, als ich jünger war. An Colby, dass er mir die Welt zeigte, dass er mich in Edinburgh besuchte und mich immer wohlüberlegt und ehrlich beraten hat. An Brittany, dass sie meine erste Ersatzschwester war, dass sie sich immer meine nächste große Idee anhörte und dass sie Milo fand. An Nicole für ihre Offenheit, ihre Wärme und dass sie mir immer das Gefühl gibt, willkommen zu sein, egal wo sie ist.

Dank an RHA – er war wichtig und fehlt. Er war der Erste, der mich direkt fragte: *Was willst du aus deinem Leben machen?* Und der mich zwang, alles zu überdenken.

An Colleen, der mir beibrachte, wie man einen guten Brief an Agenturen schreibt und wie die Welt der Bücher funktioniert, und der mir meine zahllosen Fragen beantwortete. Danke!

Dank an Dr. Jeffrey Lazar, dass er mir zu Beginn meiner Beschäftigung mit dem Thema medizinische Fragen beantwortete und dass er der Erste war, dem ich es erzählte: Ich möchte ein Buch schreiben.

Dank an meine Agentin Wendy Schmalz für ihre Geduld und ihre Ehrlichkeit. An meine Lektorin Sarah Dotts Barley für ihre Leidenschaft und ihr Engagement. Sie sind zwei sehr wichtige Menschen, mit denen ich hoffentlich noch lange zu tun habe.

Dank an all die zauberhaften Menschen von HarperCollins, die dazu beitrugen, dass Molly so gut wurde, wie sie werden konnte: an Alison Lisnow, Christina Colangelo, Alexei Esikoff und Alison Klapthor.

Dank auch an den Rest meiner Familie und an meine Freunde für ihre Unterstützung, ihr Interesse und ihre Liebe. An MMW, dass sie einmal denselben Donner gehört hat wie ich, an AJS, dass sie einmal eine französische Einkaufstasche getragen hat, an TAM, dass er einmal durch den Schnee gestapft ist, und an SDA, dass er einmal um die halbe Welt geflogen ist, um mich zu besuchen. WP, du wirst umsorgt.

Und Dank an alle, die sich in Amerika dafür einsetzen, dass psychische Erkrankungen und ihre Behandlung mehr ins Bewusstsein rücken. Ihr seid Helden und wart die Inspiration zu diesem Buch.

Dank an alle, die mich in meinem eigenen Kampf gegen die Depression und psychische Erkrankung unterstützt haben. Das war die dunkelste Zeit in meinem Leben und ohne euch hätte ich niemals herausgefunden.

Und schließlich Dank an alle, die mit ihrer eigenen Melancholie (wie Mollys Mutter es nennen würde) zu kämpfen haben. Es wird eine Wende zum Besseren geben. Ihr verdient es, ganz zu sein. Und ihr verdient es zu leben.

Jay Asher

Tote Mädchen lügen nicht

288 Seiten, ISBN 978-3-570-30843-1

Als Clay Jensen aus der Schule nach Hause kommt, findet er ein Päckchen mit 13 Kassetten vor. Er legt die erste in einen alten Kassettenrekorder, drückt auf »Play« – und hört die Stimme von Hannah Baker. Hannah, seine ehemalige Mitschülerin. Hannah, für die er heimlich schwärmte. Hannah, die sich vor zwei Wochen umgebracht hat. Mit ihrer Stimme im Ohr wandert Clay durch die Nacht, und was er hört, lässt ihm den Atem stocken. Dreizehn Gründe sind es, die zu ihrem Selbstmord geführt haben, dreizehn Personen, die daran ihren Anteil haben. Clay ist einer davon ...

30058

cbt

www.cbt-jugendbuch.de